U0940008

生活·认知·成长
青春励志故事

伞在雨中开

悟性卷

杨晓敏◎主编

地震出版社

图书在版编目（CIP）数据

伞在雨中开：悟性卷／杨晓敏主编．—北京：地震出版社，2012.5
（生活·认知·成长青春励志故事）
ISBN 978-7-5028-4043-3

Ⅰ.①伞…　Ⅱ.①杨…　Ⅲ.①短篇小说－小说集－中国－当代
Ⅳ.①I247.7

中国版本图书馆 CIP 数据核字（2012）第 051097 号

地震版　XM2683

伞在雨中开——悟性卷

主　　编：杨晓敏
执行主编：马国兴　王彦艳
责任编辑：范静泊
责任校对：孔景宽　凌　樱

出版发行：地震出版社

北京民族学院南路 9 号　　邮编：100081
发行部：68423031　68467993　　传真：88421706
门市部：68467991　　传真：68467991
总编室：68462709　68721982　　传真：68455221
E-mail：seis@mailbox.rol.cn.net
http：//www.dzpress.com.cn

经销：全国各地新华书店
印刷：北京振兴源印务有限公司

版（印）次：2012 年 5 月第一版　2012 年 5 月第一次印刷
开本：710×1000　1/16
字数：207 千字
印张：15
书号：ISBN 978-7-5028-4043-3/I（4720）
定价：28.00 元

序

杨晓敏

好书是具有生命力的。一本好书，我们拿在手上，揣在兜里，或者放在枕边，会感觉到它和我们的心一起跳动。在日常的学习生活中，我们每天都在用最经济的时间、精力和财力，收获着超值的知识、学问和智慧，于是我们自己，就在一天天地充实厚重起来。

优秀的短篇小说，就是这样的好书。它是顺应现代人繁忙生活而发展成的一种篇幅短小的小说。跟一般小说一样重视场景、个人形象、人物心理、叙事节奏。优秀的作者可写出转折虽少却意境深远，或转折虽多却清新动人的作品。

现在，许多优秀的作者舒展超感的心灵触觉，用生花的妙笔，把小小说从文学神坛上牵引下来，在我们广大读者面前，展现出一幅幅五颜六色的生活画卷，或曲折离奇，或险象环生，或嬉笑怒骂，或幽默诙谐。于是，阅读一本小小说，就成了繁忙生活的轻松点缀，紧张学习的有效调剂，抹平了你我微皱的眉头，漾起了会心一笑的嘴角。

我们精心编选的这套“生活·认知·成长青春励志故事”小小说丛书，每一辑都包含了“悟性”“创意”“想象”“品味”“风尚”“情愫”六卷，并围绕这六个主题，选取当代国内知名作家的精品力作，各自汇编成书，具有强劲的文学感染力。篇篇都耐人寻味，本本都精挑细选，既是青少年认识社会的窗口、丰富阅历的捷径，又堪称写作素材的宝典。作品遴选在注重情节奇巧跌宕，阅读效果峰回路转、柳暗花明的同时，注重价值取向，旨在引导青少年全面、客观地认识社会，开阔视野和胸怀，提高综合素质，进而确立正确的人生观、价值观。

在这套书里，我们推荐给青少年读者的是充满活力的大众文化形态的小小说佳品荟萃。所选择的作品，尽量体现质朴单纯，而质朴不是粗硬，单纯不是单薄；体现简洁明朗，而简洁不是简单，明朗不是直白。它们是理性思维与艺术趣味的有机融合，是人类智慧结晶的灵光闪烁，是春风化雨滋润心灵的真情倾诉，是鲜活知识枝头的摇曳多姿，是青少年读者嗅得着的缕缕墨香。

知识没有界线，可以人类共享，只要是具有优良质地的文化产品，都能互补、渗透、影响和给人以启迪。任何一粒精壮的知识种子，播撒在人们的心灵深处，都会开出艳丽的花朵，结成高尚的果实。

青年出版家尚振山先生以极大的热情，独到的眼光，精心策划了这一套“生活·认知·成长青春励志故事”丛书，我和同仁马国兴先生、王彦艳女士应邀参与编纂，当然也愿意大力推荐给广大青少年朋友们。

2012 年春

伞在雨中开
contents
目录

不设防

〇王　蒙

我有三枚闲章：无为而治、逍遥、不设防。“无为”与“逍遥”都写过了，现在说一说“不设防”。

不设防的核心一是光明坦荡，二是不怕暴露自己的弱点。

为什么不设防？因为没有设防的必要。无害人之心，无苟且之意，无不轨之意，无非礼之思，防什么？谁能奈这样的不设防者何？

我的毛笔字写得很差，但仍有人要我题字。我最喜欢题的自撰箴言乃是“大道无术”四个字。鬼机灵毕竟是小机灵。小手段只能收效于一时。小团体只能鼓噪一阵。只有大道，客观规律之道，历史发展之道，为文为人之道，才能真正解决问题。设防，只是小术，叫做雕虫小技。靠小术占小利，最终贻笑大方。设防就要装腔作势，言行不一，当场出丑，露出尾巴，徒留笑柄。设防就要戴上假面具，拒真正的友人于千里之外，终于不伦不类，孤家寡人。

不怕暴露自己的缺点，乃至敢于自嘲，意味着清醒更意味着自信，意味着活泼更意味着真诚。缺点就缺点，弱点就弱点，不想唬人，不想骗人，亲切待人，因诚得诚。不为自己的形象而操心，不为别人的风言风语而气怒，不动不动就拉出自己来往自己脸上贴金。自吹自擂，自哀自叹，自急自闹，都是一无所长毫无自信的结果，都实在让人笑话。

从另一方面来说，不设防是最好的保护。亲切和坦荡，千千万万读者和友人的了解与支持，上下左右内外的了解与支持，这不是比马其诺防线更加攻不破的防线吗？

之所以不设防，还有一个也许是最重要的最根本的原因：我们没有时间。比起为个人设防来说，我们有更多得多、更有意义得多的事情去做。把事情做好，这也是更好的防御和进攻——对于那些专门干扰别人做事的人。

因为不设防是不是也有吃亏的时候——让一些不怀好意的小人得逞——乱抓辫子乱扣帽子呢？

当然有。然而，从长远来说，得大于失。虽失犹得，不设防仍然是我的始终不悔的信条。

请吃饭

〇周海亮

周末他请三个人吃饭。两位是他的上司，一位是他相识多年的朋友。中午他就打电话跟他们联系，每个人都说："没问题。"于是他在酒店订好了包厢，并提前半个小时赶到。服务生问他："现在上菜吗?"他说："上。"服务生问："标准呢?"他说："当然是680块钱的。"

这个酒店的火锅套餐分180元、380元和680元三个档次。请客时他是不会给自己丢面子的。

他给其中一位上司打电话，问他走到哪儿了。上司抱歉地说："真不巧，刚才一个重要客户要我过去一趟，事关重大，所以恐怕不能来了……"他说："没关系，你忙你的。"他于是喊住服务生，说："把套餐换成380块钱的吧……有一位朋友不能来了，680块钱的怕吃不了。"

其实浪费对他来说并不是大事。只是他请客的本来目的是有事求助于那位上司。既然那位上司不来了，那么，他想，就是普通的聚餐，三个人380块钱，档次并不算低。

这时他接了一个电话，是另一位上司打来的。他们平时彼此以兄弟相称，说话很随便。那位上司说："真不巧，家里突然出了点事，得留在家里处理，不能出来了……这样吧，明天或者下个周末，我请你。"

挂了电话后，他再一次喊来服务生，尴尬地问："现在能不能换成180块钱的标准?"服务生训练有素地说："没问题。"

菜都上了，没想到，朋友这时也打来一个让他沮丧万分的电话。朋友说身体不太舒服，想去医院打吊针，然后回家躺一会儿。

朋友是来不了了，这时候再退菜是不可能了。可是满满一桌菜他一个人怎么吃掉呢？打包？他宿舍里连个热饭的炉子都没有。

他的电话再一次响起来。

这次是他的父亲打来的。

父亲问："今天你回家吗？如果不太忙的话，回来看看，你已经一个多月没回家了。你现在在哪儿？"

他说："在酒店里……哦，对了，你和妈吃过饭没有？"父亲说："还没有。"他说："那过来一起吃吧！"他感觉父亲在那边愣了很久，然后问他："你刚才说和你一起吃饭？"他说："是啊是啊，我请客，我请你和妈吃饭。"

放下电话，他想起一个连自己都不愿意承认的事实：他请无数人吃了无数顿饭，却唯独没有请父亲和母亲吃过一顿饭。

他的单位离家远，工作以后就一直在外面租房住。平时肯定是不回家吃饭的，可周末他也很少回家。每个周末父亲都打电话来，可是他总也没有时间回去。他得利用周末时间学习韩语，学习企业管理，学习电脑和国际贸易，打各种各样的电话，请别人吃饭或者被别人请……

父亲和母亲很快赶来。从时间上判断，他想他们肯定是搭出租车来的。他们丝毫没有怀疑儿子为什么要突然请他们出来吃饭，两个人的脸上都乐开了花，一个劲儿地夸这酒店有档次、菜好吃。三个人第一次在家以外的地方一起吃饭，吃一份这个酒店档次最低的套餐。席间他分别敬了父亲和母亲一杯酒。将酒一饮而尽的时候，他有一种想哭的冲动。

那天，他回了家，住了一个晚上……

周一刚刚上班，就有一位和父母同住一个小区的同事告诉他："昨天你爸妈在小区里到处招摇，说你请他们在大酒店里吃了一顿高档饭，还给他们敬酒呢。你可真孝顺……"

一番话让他泪水滂沱。

母亲的话一句顶一万句

〇刘震云

在我这一生中，有两个人对我影响最大，一个是姥姥，一个是母亲。姥姥是十里八村的名人，一米五几的个头，割三里长的麦趟子不直腰。我六岁时，村里有了学校，家里却没钱交学费。姥姥拔下头上陪嫁的簪子到镇上卖了，让我进了学堂。

小孩子总是贪玩、偷懒。一天，已是日上三竿，我还在酣睡。姥姥掀开被子，一拍我的光屁股，说："起床了！你要是一只鸟，等你睡醒，外面的虫子早就被别的鸟抢没了！"这是大字不识的姥姥对我说过的最有哲理的话，我牢牢地记下了，并受用至今：每天早晨六点半我就起床，跑步一个小时，然后开始写作。

在我眼里，母亲同样强势。小时候，我和两个弟弟、一个妹妹一旦发生争执，母亲就把腰一叉："你们别说了。把你们的四张嘴连起来，我捂着半张嘴，你们也说不过我！"其实，母亲的话并不多，甚至有些吝啬，但精辟而幽默，往往一句话就能击中要害，还能让你忍俊不禁。

20世纪80年代，我的文学创作遇到了瓶颈。那年夏天，我带着满腹困惑回到乡下老家。

见我闷闷不乐，正忙着的母亲冷不丁问："鲁迅在写东西的人里边算是一个大人物吧？"

我说："当然啦，好多人都把他当祖师爷呢！"

早年曾在镇上卖过酱油的母亲一下子乐了："那写作这东西太容易了！我看过他的书，里面有这么一句：后园有两棵树，一棵是枣树，另一棵也是枣树。这样的话我都能写出来：我卖酱油，一个是酱油缸，另一个也是酱油缸。"我"扑哧"一声笑了，如醍醐灌顶，心中的困惑一扫而光。原来，文学的真谛就是要真实地表现生活。

以后，我经常回乡下老家。每次，母亲都问我："你又回来体验生活了？"每次，我都一笑而过。母亲不以为然："生活就是这么横七竖八地叉着的，一竿子打下去全是枣。"我明白母亲的意思——生活就在我们身边。于是，我经常拎着笔记本就出发，去找街巷里的乡亲们聊天，盘着腿喝他们用刚收的玉米做的"糊涂粥"……

处对象那阵，我右手得了皮炎。怕影响女友心中的印象，我在手上贴了一块胶布。母亲问时，我照实直说。女友问时，我却撒了个谎，说是练小提琴磨的。母亲一下子不高兴了："你怎么能这样？人家是要跟你一辈子的，一定要搞清楚真和假！"我虚心接受了。后来细想母亲的话，虽直白，却深刻。

其实，生活本就真真假假。比如当时手机刚刚流行，许多人拿着手机说着言不由衷的话，让人哭笑不得。于是，我产生了创作《手机》的冲动。为了纪念深深影响我的姥姥，写作时，我将姥姥作为严守一奶奶的原型。十年过去，《手机》终于和观众见面。影迷经常发邮件给我，说《手机》讽刺意义很强。但我觉得都没有母亲的评价精辟。母亲说："我觉得《手机》里的人都交不到真朋友，就是那种能说知心话的朋友。"

后来，我的长篇《一句顶一万句》问世了。之所以取这样一个书名，是因为我觉得母亲的话对我的人生就是一句顶一万句。我在书上写道："一个人在生活中找到一位知心的朋友非常不容易，找到这个知心朋友再说一句知心的话更加不容易。知心的话一般都是不同的话，这句不同的话确实顶得上一万句废话！"

母亲的话并非句句深刻，其中不乏令人发笑甚至有些低级的语句。比如，有观众说我的普通话不标准，母亲就说：“普通话都是普通人说的。”再比如，我妻子因为热心公益事业，受到希拉里六次接见，母亲一脸茫然地问我：“这个希拉里到底是谁呀？”

珍贵的尘土

○张子选

曾听说过这样一个故事：从前有位厌倦了与泥土打交道的农家子弟，历尽千辛万苦去寻找神话中的黄金王国，而且偏偏找到了。可守护在黄金国国门外边的一位天使却告诉他："我们黄金国通常不接受移民。不过如果你愿意的话，我倒很乐意让你代替我当一名黄金王国的守护者，只因为长期以来，我一直都梦想着能到你来的地方去，亲眼看一看传说中能长出庄稼和鲜花的广袤土地！"经过通情达理的黄金国国王批准，农家子弟如愿以偿地当上了守护黄金国国门的天使，后来他重复最多也最使人感到寂寞的一句话便是："我日夜守护的可全是金子呀！"而原先的那位天使，则最终不仅看到摸到了他朝思暮想的泥土，快乐自在地在泥土里种起了庄稼，并且还时常赞美道："多么神奇的泥土啊！"

我们人间的哲人常说：当你手中捧着一把尘土时，不要轻易丢弃它们，因为金粉的微粒很有可能就蕴藏其间。而神话中的黄金国国王，对众天使所进行的经常性的训示却是：如果你们打扫街道广场，不要将有碍观瞻的黄金垃圾随便倒掉，只因每块金子上都可能沾上了一星半点我们所奇缺的珍贵的尘土！

前苏联作家康·巴乌斯托夫斯基有本精彩的小书《金蔷薇》传世。该书中有篇文章的名字便叫《珍贵的泥土》，讲的是一位名叫约翰·沙梅的巴黎清洁工，数十年如一日，每天从首饰作坊里扫来的尘土中，星星点点地收集金粉的故事。经过日积月累，沙梅竟用他搜罗来的金粉铸成了一个金锭，并为他的心上人即最终弃他而去的苏珊娜，打制了一枝据说可以给人带来幸福的金蔷薇。

世界上并非每一小撮尘土中都具有一定的含金量，也并非每个人都有能力和机会向自己所关爱的人和事，适时献上一枝哪怕仅仅是在精神上相当贵重和完美的金蔷薇。当尘埃落定，在历尽爱憎荣辱、悲欢离合、生老病死之后，许多人所谓的此生无悔，也许仅只是为谁和什么，曾经笃定地保留过一份类似于平凡的尘土，渴望被命运打制成一枝甚至几枝神奇金蔷薇的情怀罢了。但这其实就已经弥足珍贵了！

榜　样

〇孙智慧

当我趺趺撞撞从明裕公司出来时，天已擦黑。路边的霓虹灯朝我眨着眼睛，我的心里乱成了一团麻。这是我第十次应聘失败，我像只迷失了方向的丧家犬在街上游荡。这时，肚子开始咕咕叫着提抗议，我钻进一个小巷子，希望弄碗烩面什么的填填肚子。

经过几家小吃店，都是肮脏不堪烟熏火燎，见了让人恶心，便继续往前走。那时，正是万家灯火，我的泪潸然而下。我的家在太行山区，贫穷落后，父母省吃俭用供我上完大学，指望我能走出大山沟，没想到出师不利，找工作屡屡失败。突然，我有种特别想家的冲动——现在母亲不知从地里回来了没有？我想哭，想痛痛快快地哭一场。我漫无目的地走街串巷，偶一抬头，泪眼迷离中，瞥见路旁的垃圾堆旁有一位老妇人。她右手拿着手电筒，脸几乎贴着地面，左手还在扒拉着什么——她多像我的母亲啊！我站在原地端视良久。好大一会儿，她才立起身。旁边的车子上已堆成一座小山，她拉着车吃力地往前走。我赶紧跑上前，替她推了一把。老妇人感激地看看我，问："你是干什么的？这么晚了咋还没回家？"

我的泪又下来了，情不自禁地倒起了苦水，我说我刚从学校毕业，正在找工作。

老妇人很吃惊地看着我，她接过话头，羡慕地说："了不起，像你这样的大学生能帮我这个老婆子推车，你一定可以做出大成就的。"

我欲言又止，只是默默地用力向前推。不多一会儿，就到了她家。老妇人的儿子开了门，她儿子与她简直判若两家人。他西装革履，很有气派。老妇人说儿子是家国有企业的科长。

我的心一颤，科长的母亲去捡破烂儿！我忽然明白我缺少什么了。我受到了莫大的鼓舞，底下的话我一句也听不进去了。我没有逗留，告辞而去。

我开始乐观地投入到生活和工作中去，彻底放下架子，从最基层做起，由办事员一步步干到经理的职位。光阴荏苒，好几年过去，这件事我几乎淡忘了。

这天，我正准备乘车去外地公干。就要上车时，一位老大娘喊："小伙子，等一下，你让我找得好辛苦。"等我弄明白是叫我时，老大娘已经走到我面前，手里还拎着一袋苹果。当认出眼前的大娘就是那晚捡破烂儿的老妇人时，我很吃惊，忙问："大娘，有什么事吗？"

大娘把手里的苹果塞给我，还朝我鞠了一躬，态度十分恭敬，她认真地说："我是来感谢你的，那晚多亏你帮我。那时，我儿子刚从科长的位子上下来，却不肯接受现实，辞去公职，整天窝在家坐吃山空，连老婆都跟人跑了。后来，我碰到了你，我跟我儿子讲，你是位大学生，不怕丢人现眼帮我这个老婆子捡破烂儿。我儿子终于振作起来，现在能够自食其力了。"

我听明白了，原来我做了别人的榜样了。望着大娘远去的背影，我在心里祈祷：老人家，一路走好。其实，是您挽救了两个迷途的晚辈啊！

擦干净自己的鞋

○艾 苓

擦鞋的时候总会想起母亲。母亲离我越来越远，想起母亲的时候也就越来越多。

母亲是个干净利落的女人，快七十岁的人了，鞋上总是一尘不染，她爱穿白色丝袜，脚下的白丝袜总和她头上的白发一样干净。

年轻的时候，母亲在砖厂做家属工，推水坯，一车车水坯从早推到晚，身上早已是一身灰土。那时候，她没有换洗衣服，无论多累，晚上都要把衣服洗出来，晾好。第二天早晨，母亲又清清爽爽地上班了。

可是不幸，父亲是个邋遢人，三个哥哥在这一点上很像父亲。和邋遢作战，母亲身单力薄。恰在此时，母亲迎来了她的第一个女儿——我。小时候，我还是她的帮手，帮着扫地刷地擦柜子整理衣物。可我们家的邋遢势力太强大了，刷了半天才刷干净的红砖面，转眼就有了黑脚印；一点儿一点儿整理好的衣柜，第二天就乱套了。我实在懒得做这种无用功，很快从这场争斗中撤退，留下母亲孤身一人，与父亲他们斗智斗勇。

母亲最想不到的是我的“堕落”——长大以后，我竟成了邋遢女孩。不知从哪天起，我开始丢三落四，常用的东西总是找不到，母亲被我翻得不耐烦，一出手就把东西找出来。我出门之前，母亲常拎着木梳追出来，在我的短发上匆匆梳两下，一边梳一边说：“一个女孩子家，头不梳咋能出门呢?”

一旦遭遇爱情，女孩子会有很多改变，遭遇了爱情的我，也让母亲松了一口气。但她显然不是特别放心，结婚时特意送我一套组合家具，每次来我家，她都先到家具上摸一把，看看我被改造的程度。最初的检查结果，母亲很不满意，她举着手上的灰尘说："看看，又该擦了。"

我赶紧汇报："我一周彻底擦一次。"

母亲说："那怎么行？家具得天天擦。"

我很聪明地对付："东西我都放里面了，外面我又用不着，天天擦它多麻烦呀。再说，他都同意了，你就别管了。"

母亲不再多说，找到脸盆打上水就开始擦。我只好举手投降："我来我来，你歇歇吧。"

我很快有了经验，母亲一进门，我立马动手收拾房间。后来，即使母亲不来检查，我也习惯了花费点时间，把房间收拾得利落点。

有一次母亲来，我带着她里里外外看，看我的劳动成果。正等着母亲的夸奖，母亲却盯上了我门口的鞋："你的鞋多长时间没擦了？"

"有几天了。"

"上面一层灰，赶紧擦擦吧。"

我还想抵赖："求求你别看了。现在的人，往上面看还看不过来，谁还有时间低头看我的鞋呀？"

母亲也不争辩，回手就拉开抽屉，要亲自动手。我赶紧找出刷子和鞋油，乖乖地"自力更生"吧。

母亲看我老老实实地接受改造，很开心："把鞋擦干净了，穿上试试。"

穿上焕然一新的旧鞋，我第一次知道什么叫"足下生辉"。

母亲说："姑娘你记着，脸不是人的脸面，谁有粉都往脸上擦。看一个人是不是真干净，看他的鞋就行了。"

小姑子从我家出嫁那天，一大早我就忙得晕头转向。迎亲的车马上就到了，母亲突然跟我说："你的鞋还没擦呢。"

我哈哈大笑："今天新娘不是我，谁看我呀？"

趁我不注意，母亲找了条抹布，弯下腰就开始擦。看到母亲白发苍苍的头顶，我的眼泪险些下来，慌忙抢抹布，母亲却没撒手，她说："耽误不了你啥事，再来两下就完了。"

2001年春，我先离开母亲，到另一个城市工作。毕竟离得不远，可以常常回去看她。

今年初，母亲又随小妹去了河南，离得更远了。

想母亲的时候，我习惯了擦鞋。擦鞋的时候，往事历历在目。我没告诉过她，我的鞋如今有多干净。我却经常告诉自己，像母亲希望的那样做吧，擦干净鞋，走好每一步。

丢不开手中那粒果

〇闵凡利

前段时间，我一个官场上的朋友突然打来电话，说好久没有跟我联系了，想过来见见我。我说我又不是总统主席的，想来你就来吧。

他是一个副局长，我们是很好的文友。后来他弃文从政，而我还是写我的文章，交往就不如以前多了。他是一步一个脚印走上来的，没有后台，没有银子，全靠能力，能混到副局长，在我们这个小县城也算是个人物了。

朋友来了后，看得出他受了很大的刺激，一支接一支地闷头吸烟，不一会儿我的屋里就烟雾滚滚。晚上，我本想就做几个菜吃，不喝酒的，可朋友不愿意，非要喝酒。我也只好舍命陪君子。朋友喝着喝着就喝多了，就说起他的疼与痛。原来这次我们市进行调整，按能力和威信，他这个多年的二把手本该扶正的。可是结果一公布，局里排在最后的那位当了一把手，而我朋友恰恰又与他不甚融洽。新上任的局长一组阁，就把他弄了个闲职。朋友那个气啊，就请了病假。

我一听是这么回事，就觉得朋友有点小题大做。朋友问我：难道这不是大事？我告诉他，人活着什么都要看开，有些岗位让你干有让你干的道理，不让你干有不让你干的原因，什么事都要随缘！朋友没有言语，我知道他心里有想法，不服气。他的那点小心胸，我还能看不透？

这时，我的手机响了，是猎人王打来的，问我明天有空吗，跟他去龙山捉能猴去。猎人王住在龙山脚下，以打猎为生。能猴是龙山上特有的一种猴子，特聪明，像下套子、挖陷阱之类的，根本捉不到它。但猎人王捉能猴是一绝，只要想捉，没有他捉不到的。我多次问他到底是用什么办法，他都对我一笑，什么也不说，只说有机会带我一起去。

我问猎人王，还要我带什么吗？他想了想说，你就带一个大瓶的香槟吧，咱们好长时间没在一块喝酒了，好好喝一次。

第二天，我和朋友一大早买了香槟，骑着摩托到了龙山。猎人王正在家里等着我们，他老婆正用油锅炸花生豆，没进家门我就闻到花生的香味了。猎人王说，咱们到山上喝酒去，我让你嫂子准备点下酒菜。没多大会儿，嫂子给我们准备了四个菜。我让朋友拿着菜，我扛着小炮弹一样的香槟，猎人王两手空空在前面领路。

爬了两个多小时，来到山半腰一个比较宽敞的地方，猎人王看了看树枝和地上丢的一些野果说，这是能猴经常出没之地。并告诉我们，市动物园要他给捉一只能猴，他一直没给捉。这不马上要到暑假了，动物园催得急，只好今天请我们一起来捉。我们能帮你什么？他说没什么可帮的，陪我喝酒就中，只要把这一大瓶香槟喝了就算帮他的大忙了。

我们又饿又渴，就打开香槟喝起来。香槟哪是酒啊，简直是红糖茶，没多大会儿就被我们喝了个底朝天。猎人王接着又变戏法似的从口袋里掏出三瓶红星二锅头说，没喝足再喝这个。我们就一人一瓶又喝起来。

这时，猎人王好像想起什么似的说，对了，你们先喝，我去办点事。说完拿起我们喝空的香槟酒瓶，又抓起一把油炸花生走了。没过几分钟他又回来了，我们接着喝。正当我们喝得高兴时，忽然听到不远处传来吱吱声，就听猎人王说捉到了。起身就朝那地方跑去。不一会儿猎人王牵着一只小猴过来了，猴子的一只手伸在我们刚喝空的香槟酒瓶里，紧紧攥着拳头，就是不松手……

我们都很纳闷儿，猎人王到底是怎么抓到能猴的？猎人王说，抓能猴其实非常简单，因为能猴最爱吃花生，而且只要是它手抓到的东西，就永不会松手。我呢，就把花生果放到酒瓶里，然后酒瓶用两块大石头固定住。能猴闻到酒瓶里有花生果，就努力把手伸进瓶子里抓。它的手臂很有伸缩性，手会很容易地进入瓶内。只要抓住花生果，它就不会松手，就是被捉住了它也不会松手。你们看！我们仔细看了，能猴的小手攥得还真的很紧，因为它手中正攥着几颗它想吃而又吃不到的花生果。

看到能猴那紧紧攥着的小手，我的朋友的脸刷地红了。在回来的路上，他偷偷地告诉我，其实他就像那个能猴啊。

黑与白

〇伍维平

那天下午，全班同学呼朋结伴一起去了市里的电影院，看一部新近进口的国外大片。只有我一个人没有去，因为我暂时成了一个“残疾人”。

头天上体育课，我和诗人等几个家伙踢足球。诗人的脚很臭，一脚踢过来，球没踢到，踢到我的小腹，剧烈的疼痛使我当场打了十几个滚。

眼巴巴望着全班人兴高采烈地走了，我心里酸酸的。

一个人躺在床上，横竖睡不着；坐起来，仍然不是滋味。有一群白鸽咕咕叫着掠过五楼窗外的蓝天。晴空似海。

我决定去教室。教室里有一本马尔克斯的《百年孤独》，已经看了一半。畅游在那个梦幻般的神秘的美洲小村落里，我的灵魂有一种回归故里的奇异感觉。关于人生与未来，关于探索与奉献，关于理想与现实，等等，那本魔幻小说使我不由自主地想了许多。

所有的故事看上去也许都具有偶然性，然而结局却总是必然的。比如从宿舍到教室，平常快腿快步的，最多十分钟，此刻却需要二十分钟左右。当然，这一点也不奇怪，谁叫我是一个没意思的“残疾人”呢。这十分钟意味着什么，自然也是我后来才想到的。

我想当时我一定是按着肚子低着头挪进教室的，否则，凭我 1.5 的眼力，不会看不见讲台后面坐着一个大活人。

我坐到座位上，弓着腰找我的《百年孤独》。

来上课的吗?

谁在说话?我吃了一惊，谁上课?上谁的课呢?

我很艰难地抬起眼皮，总算看到了一个人。那是给我们上美学课的杨教授。

你来了，谢谢你。好，我们开始上课吧。杨教授苍老的笑容里有一种说不出的温暖，他的话不但亲切，分明是喜出望外。

我搜索记忆:杨老师。《美学原理》。选修课。单周星期四下午第一节。

恍惚间我以为我走进了马尔克斯笔下那个历史和时间一样久远的小村马贡多。我心情复杂地收好马尔克斯式的心情和他的小说，拿出了课本和笔记本，开始了我永生难忘的一堂课。

这堂课的背景是一块巨大的好像书写了又隐藏了许多人生秘密的黑板，这块黑板分外醒目地烘托出它前面的一头白发。这近乎一种仙风道骨和完美人生的最佳境界。正如杨老师所指出的，风和日丽和狂风暴雨是两种不同形态的美，前者给人以心旷神怡的审美愉悦，后者则给人以无限动感的伟大力量。毫无疑问，喜剧描绘的是人生的一种夸张和变形的常态，悲剧则是在受到上帝对生命的理想诠释时所流出的喜悦泪水……

我心里不由得一阵唏嘘。

说实话，杨老师的课讲得并不精彩，理论是现炒的自然也就不够鲜活，但那的确是我一生中听到的最为精彩的一堂课了。在我不断颤抖的笔下，我相信自己记录下了一名普通教师、一位近乎迂腐的老学究对职业的理解和对理想最真诚的信念。杨老师佝偻着身子的形象一点都不能给我视觉上的愉悦和美感，他所教授的《美学原理》也没有任何前沿信息和独创理念，但他讲的那堂课却让我对《美学原理》的理解有了一种质的飞跃。

在同学们陆续回到了教室后，我故意漫不经心说了这件事，一贯恃才傲物的学子们显然都有些激动起来。对我的小腹有着“刻骨仇恨”的诗人也拿了我的笔记本躲到一边去抄。

于是，到了下一堂美学课时，整个教室空前热闹，座无虚席，比上次看进口大片还整齐。同学们神情严肃地恭候杨老师的授课。

然而，杨老师没有来。半小时后，教务处来人说，杨老师几天前已经去世，是肝癌夺去了他还不到六十岁的生命。

那堂课教室里一直寂静无声，而且没有一个人走出教室。

诗人缘此诗兴勃发，激情万丈，在泪流满面的疯狂意境中写出了一首众人击节叫好的散文诗《黑与白》。

都说黑色深沉也说黑色冷艳，逆转四十个年头，你那乌黑的头发同样焕发出青春的光彩和雄性的魅力……只有学生最清楚，你的满头银丝，是洁白无瑕的粉笔的化身；你淡漠沉静的微笑，塑造了一个永恒的主题……

夜话三国之吕布

〇邓洪卫

吕布，字奉先。年轻的时候，他在家乡五原郡九原县当差，经常持一把大戟，在县衙门口笔直地站着，与当年在楚营的“执戟郎”韩信仿佛。不过，吕布的相貌可不是韩信所能比拟的。这家伙，身材长大，相貌奇伟，器宇轩昂，英姿飒爽。只是那一身普通兵士的穿戴，委屈他了。

好在吕布的上司县尉吴江，对他不错，时常迈过案来，手捻短须，眉开眼笑地赞叹，真是好人才呀！又拍拍他的肩膀，说，好好干，我早晚要提拔你。

几句话，说得这七尺汉子，面色泛红，露出几分羞态。

吴江哈哈大笑，说，你在此好好候着，本官去去就来。背着手，迈着方步，穿街而去。

晚上，吕布对年轻的妻子说，大人说要提拔我呢。妻子立时一片欢欣，偎在他的胸前说，好呢，似你这般英雄，老那么像旗杆一样僵僵地竖着，太没意思了，怎么着也得弄个马弓手当当。

吕布立时两眼发亮，说，是呢，到时候，我带上你，骑着马，挎着弓，到山中狩猎去，好好玩一玩。

夫妻二人，一番欢娱，兴尽方眠。第二天，吕布仍然抖擞精神，扛着大戟，到衙门里值班。

可是，一天天，一年年，寒来暑往，冬去春来，吕布仍然是个“执戟郎”。吕布持大戟的手就有些麻木，目光就有些迷离。

跟他一起站班的，叫侯成。此人与吕布年龄相仿，成天低着头，抱着戟，眯着眼睛，似睡非睡的样儿。吕布跟他本无共同语言，可是长期共班，很无聊，就会有事无事地闲扯两句。

有时候，吕布会生出这样的感慨，像侯成这样，要人没人，要才没才，也没什么理想，混日子过，也是很幸福的啊。

这一天，县尉吴江在大堂里背着手，转了两圈之后，又撂下他俩，遛街去了。侯成一见，立刻把大戟往墙上一靠，说，奉先兄，你先站会儿，我有件事，去去就来。说着，转身也奔街上去了。

大概过了一个时辰，侯成才气喘吁吁地回来，他意味深长地看了吕布一眼，摇摇头，把大戟抱在怀里，又摇摇头。紧跟着，吴江也回来了，看了看吕布，又看了看侯成，大摇大摆地进后堂去了。

接下来的几天，侯成就有点儿反常，好像有什么话要对吕布说，可是，张张嘴，又闭上了。吕布觉得奇怪，就问，老侯，你怎么了？侯成叹了一口气，跺了跺脚，说，直说了吧，你老婆背着你，做了不该做的事情。

吕布一愣，老侯，你这话什么意思？侯成说，她偷汉子。吕布问，侯成，你不要血口喷人呀，我老婆偷汉子，你倒说说，她偷的何人？

侯成说，就是那吴县尉。

吕布说，不可能吧，吴大人对咱们这么好，能干这等事？

侯成说，信不信由你，反正我亲眼见了。吴县尉经常神神秘秘地出去，我早就心存疑窦，那天，我跟踪了他，见他绕了两个圈，直奔你家院中。

吕布沉吟半晌，说，侯成，先不要跟别人说，我自有主张。

过了两天，吕布又和侯成站班。见吴江背着手又出去了，吕布扛着大戟跟了过去，见县尉七拐八弯，径奔一处院落，贼眉鼠眼地四下里看看，然后推门进去，旋即又关了门。

吕布拖着大戟回到衙门。侯成问，怎么样？吕布说，老侯呀，你上次看错了吧。侯成说，不会，我看得真真切切。吕布说，可我明明看到县尉去了你家呀。

侯成的脸“刷”地变了，说，当真？吕布说，当真！侯成一拍脑袋，天哪！看来我们俩都是王八啦。

吕布点头，骂道，这狗日的如此无礼，可恼！将大戟在地上敲得山响。

正说着话，吴江悠然自得地过来了。他并没有注意到两位“执戟郎”的表情，径直进了大堂。

吕布和侯成，瞪着眼，看着吴江的背影，两人对视了一眼，忽地同时操起大戟，冲上前，对着吴江的后脑勺，狠砸过去。转眼之间，吴江就成了一堆肉酱。

两人对视了一会儿，吕布说，现在惹下命案，不如一同逃出城去，再作商议。侯成点头。于是，两人扔下大戟，一路狂奔，出城而去。

这一去，就是风风雨雨许多年。那吕布，历经坎坷，终于占据徐州，成为一镇诸侯。侯成呢？成了他手下的一员偏将。

这一日，吕布持戟夜巡，路过侯成家，觉得渴了，就下马到侯成家喝水。侯成很高兴，将吕布引入后堂，并将年轻漂亮的新婚妻子带来与吕布相见。吕布很高兴，从此去侯成家的次数就多了。起初，还是在侯成在家的时候去，后来，就在侯成不在家的时候去了。再后来，就不光经常去侯成家，其他将领的家里，吕布也经常光顾。诸将都很感激，觉得吕布将军很体恤他们，可最终他们中有人发现了奥秘。

公元某年，曹操兵伐徐州，吕布退守下邳。曹军旋即将下邳城铁桶般围住。侯成等人献城投降，并将吕布缚到曹操面前。吕布很不服气，对曹操说，我平素对诸将不薄，没想到关键时刻他们竟然背叛了我。曹操当场说，你背着妻子，跟诸将之妻乱搞，能算“不薄”吗？

吕布长叹，我怎么能犯这样的错误呢？我曾经是受害者呀！

此时，侯成等人都举起兵器，步步逼近吕布。

董卓在温明园中，大宴百官。酒过数巡，董卓提出要“废少帝立新君”，不料遭到并州刺史丁原的强烈反对。董卓很不痛快，拔剑欲斩丁原，却发现丁原身后站立一将，手执方天画戟，怒目而视。董卓不由一惊。此时，丁原在众人相劝之下，撂下一句“来日城外决战”，领着那将，气哼哼地走了。百官尽皆散去。

董卓闷闷不乐，问左右，丁原身后之人是谁呀，目光那么凶狠？帐下一人应声说，此人姓吕名布，字奉先，乃某之同乡也。董卓一看，原来是虎贲中郎将李肃。

李肃说，吕布本是五原郡九原县衙的一名小吏，因杀死县尉而逃奔并州。刺史丁原见他相貌不凡，就让他充任行军主簿。不久，在一次战斗中，吕布操起一把大戟，冲入敌阵，连刺敌将数员，让丁原刮目相看，遂提拔他做了贴身侍卫。后吕布多立战功，丁原又提拔他做了一员将军。因丁原戍边有功，朝廷征之为执金吾。丁原遂带着吕布进京，近一万精兵驻扎城外听命。

董卓闻言，哈哈大笑，原来区区一县吏差官，看来是我多虑了，来日再战，定当取他的首级。李肃说，不然，此人虽出身小吏，却身怀绝技，弓马纯熟，勇猛无比，我看军中无人可与之匹敌。

董卓听了，脸就拉下来了，说，依你之见，我们还得撤回西凉不成？

李肃说，那倒不必，吕布虽勇，却也有薄弱之处。我与他同乡，后又一起在并州丁原帐下听用，深知其禀性。此人平生有三大好：利器，宝马，美女。他常对人讲，为大将者，掌中没有一件称心的兵器，胯下没有一匹宝马，怀中没有一名绝色美女，枉活一生矣。记得当初，他看上了并州最漂亮的女子严娟儿，苦于没有机会，是我帮他出谋划策，才使他遂了心愿。他掌中利器方天画戟，为丁原所赠。此神戟乃战国名匠所制，为丁原祖上所得。丁原本欲将戟传与后人，怎奈何他奔波一生，并无留下骨血。吕布得了戟，很感激，当即拜丁原为父。吕布虽有神戟，可惜他胯下之物，却是凡品，我听说主公有一匹宝马，叫“赤兔胭脂兽”，不妨一用。来日战场之上，只须如此这般，吕布可降。

董卓说，赤兔马是老夫心爱之物，怎忍心割舍呢？

李肃说，如果一匹好马没有真正的大英雄来驾驭，就算是废马，好比智能之士不去辅佐明主，就是个废物。能以赤兔马换得一员上将军，换得千秋霸业，这是天下最合算的交易呀。

董卓说，好吧，就依先生之计。

第二天，丁原带着吕布到城前骂战。董卓帐下的猛将华雄出城迎敌。战了十几个回合，华雄佯装战败，将吕布引到一片树林当中。李肃牵着赤兔马正等在那里，见了吕布，高声搭话，奉先别来无恙？

吕布一看，认出是同乡李肃，便下马问，兄长如何在这里？李肃答，我现居虎贲中郎将一职，听说贤弟在此征战，特来献马。吕布一看，不由惊奇不已。果然是匹好马：那马浑身上下，如红缎子一般，无半根杂毛，头至尾一丈开外，蹄至背足有八尺，嘶鸣咆哮，有龙吟虎啸之声。正是，奔腾千里荡尘埃，渡水登山紫雾开。掣断丝缰摇玉辔，火龙飞下九天来。

吕布大喜，一遍遍用手抚摸马背，说，兄长赠我宝马，我何以为报？李肃说，并非我赠你宝马，乃董公厚爱你。吕布大惊，何出此言？李肃说，董公为人敬贤礼士，听说你喜欢宝马，特让我送来。请贤弟上马，杀进城去，拿董公的人头献给丁原请功吧。

吕布听了，连连摇头，兄长欲陷我于不仁不义之地呀，既然董公以宝马相赠，我怎么好跟他作对！李肃说，是啊，董公十分喜爱贤弟，想荐举你为骑都尉、中郎将、都亭侯，并要亲自选几名绝色佳人赐与你呢。吕布低头沉思了会儿，说，董公说的莫非是戏言？

话音刚落，就听见身后有人答话，老夫怎么会有戏言呢？吕布回头一看，只见董卓正坐在树后的一块石头上，向他点头微笑。

吕布赶紧上前，跪拜在地，口尊义父。然后，飞身跃上了赤兔马。

董卓赞道，奉先好英武啊，正是“人中吕布，马中赤兔”!!

吕布精神大增，拍马出了树林。董卓李肃随后跟上。

那吕布飞马来到阵前。丁原一见，大呼，我儿，怎么到现在才回来？吕布并不答话，抬戟将丁原刺下马来。

身后的董卓拍掌大笑，好！好！好！

…………

几年后，吕布为了一名叫貂蝉的美女，将义父董卓杀死在受禅台上。李肃也参与了这场谋杀。不久，李肃被吕布借故杀死。

又过几年，吕布在下邳被曹操俘获，押到白门楼上。

吕布对曹操说，明公所患，不过吕布，现在，吕布愿归顺你。明公为主帅，我为大将，何愁天下不定！曹操问刘备，玄德以为如何？刘备说，明公没有听说丁原、董卓之事吗？

吕布在心中哀叹，唉，我平生最爱者，不过神戟、宝马和美女，而且都得到了。这三样东西，成就了我大丈夫的功业，却也毁坏了我的名誉和生命呀！

仿佛听到了吕布心中之叹，曹操冷笑道，神戟、宝马、美女固然重要，但声名和生命才是最贵重的宝贝。

承诺

〇谢志强

邻国的国王亲自率领重兵攻占了王都，取代了这个年少国王的王位。邻国国王担心留下后患，立即发出悬赏令：捉拿年少的国王。赏金可观。不过，谁也不知年少的国王的踪迹。

年少的国王乔装打扮成一个平民，像一条鱼游弋在他熟悉的疆土。他沿途亲见了王国真实的另一面，而亲臣奏报的是王国虚假的一面，他醒悟了，却晚矣。他无数次向他的国民承诺，实际上都为亲臣利用。

这天，他孤单单地疾走着。远远地来了一个人，是个小伙子，像在寻找什么遗失之物。

国王问：你在寻找什么？

小伙子说：我寻找国王。

国王激动了，说：你找国王有何事呢？

小伙子说：国王曾对我承诺，我学有所成，他就重金赏我。我家贫穷，我们全家，父母、姐弟，都挣钱、借债供着我求学，我求教了各地名师圣贤，回到家，父母、姐弟都去抵债了，我无力去赎回他们，我知道国王一诺千金，我只想得到国王承诺的赏金。

国王说：我就是你要找的国王，只是，我已丧失了王位，现在，我已不是国王，甚至比你还不如，我已厌倦了自己。

小伙子捶胸顿足，说：我抱着一个念头找你，期望你能解救我们全家，可你把王国也丢掉了，还拿什么来兑现你的承诺?!

国王说：我还能号召举国民众起来驱除侵略我们的敌人。

小伙子说：你现在这样的处境，我们全家走不出没有尽头的苦难了。

国王迟疑了片刻，说：我会兑现我的承诺。

小伙子说：你现在两手空空，你在王位的时候，百姓已对你不满了，否则，邻国怎么轻易地占领了我们的疆土？

国王说：我知道了，我过去要啥有啥，现在要啥没啥，可是，我唯一值钱的还剩下这颗脑袋了。

小伙子说：我看到了沿途张贴着悬赏捉拿你的告示。

国王说：你杀了我，领到了赏金，不也是我兑现了我的承诺吗？我毫无怨言。

小伙子说：我还没到这种卑鄙的地步，国王，我认了命，我看见了我该走的路了。

国王说：先别走，看好啦!

小伙子闻声回头，只见国王手中的一把短剑一闪耀眼的光，瞬间绽出鲜红的花朵，随即，剑坠插在沙地上。小伙子急忙上前，接住那颗国王的头颅。他听见一堵墙坍倒似的轰起了沙尘。

国王的头颅发出声音：去吧，献上我的首级，我已兑现了承诺。

小伙子哭了。

一条短裙

〇张春燕

晴进医院大门的时候，嘴角闪现出不易被人察觉的笑意，是自得其乐、自品滋味的那种意思。她腿上的丝袜在夜光下闪着俏丽的色彩，短裙游鱼般摇摆着。此前，晴很少穿短裙，几条牛仔裤悠闲地打扮着她青春健美的双腿。还是7号病床的老伯，用病入膏肓却还跳跃着激情的目光盯着她说，晴护士，你的腿真美，应该穿裙子，裙长以膝盖为界，配以深色的长筒丝袜，那简直漂亮极了。

晴的脸红了。没有恋爱过的她，第一次听到对自己双腿直白赞美的人，竟是这位行将入土、目光渐渐枯萎的老人。晴为19岁的自己很少听到异性的赞美感到酸楚，自己平时太孤傲，那些平庸而稚嫩的同龄男孩的目光就不敢在傲视一切的美少女身上流连忘返。面对病床上喘息的老人，晴想，姜还是老的辣，因而也就有了对老人的感激。她动作轻柔地为老人作静脉穿刺，老人的皮肤像冻伤的茄子——又青又紫又厚又硬，针头难进，血管也枯萎了。实习护士晴全神贯注地用针头查找老人没有丝毫生气的血管。

老人虚弱地咳嗽了几声，看到晴脸上红润的光泽，好像看到了某种鼓舞，喘息中带着抑制不住的兴奋，说，当年我们在延安，条件那么艰苦，生存环境那么恶劣，可那些小女兵啊，尤其是那些从南方来的有知识有文化的姑娘，太会展现女性美了，头发上扎块手帕，或绑段红丝带，那个美啊——老人又虚弱地咳嗽起来，但迸发着激情的目光却像黑暗中的火炬。

晴决定买一条长及膝盖的漂亮短裙。晴不是没有自己独特的审美，晴要在不动声色中展示自己优雅的气韵。晴在买裙子的整个过程中对 7 号床的老人心存感念，她想买了裙子后的第一件事就是穿给老人看。晴期望着再一次听到老人那些毫无修饰的赞美，她的脸就会再一次红起来。晴知道自己脸红的样子，像两朵桃花映在脸颊，烫烫的、爽爽的，升腾在心间的是云雾缭绕的感觉。晴知道自己这周是夜班，她不畏这个夜晚的秋意渐浓，她喜欢让凉风环绕自己的感觉。

穿着短裙，踩着落叶，穿行在黑暗中的女孩晴，像精灵一样飘向那火炬般的目光。

晴想起每次给老人输液扎针时，面对那如冻伤的茄子般的皮肤，总有难言的紧张，总是不忍心地扎一针又一针，有时都扎出了自己的眼泪还扎不出老人吝啬的血液。老人始终慈祥地笑着，暗淡的目光给她无言的鼓励，有气无力地说些诙谐风趣的话来减少她的压力。他说，我们钓鱼，鱼什么时候上钩那是鱼的事啊。晴听了就微微一笑，她的笑还没收回来，针已刺进皮肤，黑黑稠稠的血液就流淌出来了。老人又说，老天忘了给我翅膀，我常常就用幻想飞翔，飞得可高呢！此刻的晴忽然就有了飞翔的感觉，黑暗中她漂亮的短裙像刚劲的翅膀，带着她向远处飞去。

走进病房的晴被眼前的一幕击傻了。

医生们默默地摇头退出病房，接着就传出家属此起彼伏的哭喊声。护士长急急地催促晴穿好工作服来作善后处理。晴明白了，7 号病床的老伯走了。称赞她双腿秀美的老伯，没能看上一眼她穿裙子的婀娜样儿，就闭上了他激情燃烧的眼睛。晴穿着丝袜的双腿忽然像被子弹击中一样疼痛得战栗起来，裙子也在寒噤中摇摆着发出的呓语声，这给晴带来了不寒而栗的恐惧感。晴没有勇气走进病房，更不敢面对躺在 7 号病床上已被称为遗体的老伯。可是护士长的催促声就在耳旁，晴在万分的惊恐中，委屈无助地哭泣起来。

晴陷入了自己泪雨飞溅的惶恐中。她背靠墙，旁若无人、彻心彻肺、泪雨滂沱地恸哭。她心无杂念，只是有些委屈，有些害怕，有些莫名的恐惧。面对没有呼吸和体温的遗体，面对那曾经有过激情的眼睛和赞美过她的嘴巴，她害怕自己在料理的过程中，他突然有体温，他突然苏醒，突然有新的赞美之词向她诉说。但此时的老伯五官毫无血色，寂静而落寞地成为遗体的一部分，成为人们回忆中最生动的那个部分。这种东西折磨着晴，使她在这个瞬间痛不欲生。

晴感到自己穿着丝袜的双腿上爬满了冰冷且蠕动的蚯蚓。忽然，她发现老伯微闭的眼睛似乎慢慢睁开了一些看着她，专注又有些焦急地看着她，目光中有激情，有赞美，有鼓励，有安慰，还有无尽的留恋和莫名的忧虑……

晴慢慢走过去，迟疑中她好像忘记了自己的护士职业，忘记了自己应该做什么。她轻轻抬起手，缓缓伸向老伯的脸。就在她的手将要触摸到那双眼睛的一瞬，晴真切地听到了一种声音，是从眼睛里潺而来的，这声音绵长而低沉，像鱼一样游动在她的耳际，久久不肯离去。

温暖一生的假糖

〇余　华

下岗后，我开了一家糖果店，生意很不好，觉得前途一片灰暗。

一天，一个花白头发的老太太来到我的店门前。我一眼就认出，她是我小学时的班主任刘老师，于是赶紧低下头去，心里暗暗祈祷："千万不要到我店里来买糖果……"

那是30年前的事了。一天，我很早就来到学校，看到刘老师正蹲在地上，用手把碎玻璃往簸箕里捡。那时，她被划为了"黑五类"，一边接受"改造"，一边继续教书。

看到她冻得通红的双手，我不由一阵辛酸：我要是能有一副手套送给她该多好啊！突然间，我想到小伙伴军军送给我的"奶油太妃"。晚上睡觉时，我曾几次想剥开吃掉，却一直没舍得。刘老师这会儿一定又冷又饿，把这颗糖送给她，不是能给她增添一些力气吗？

我掏出"奶油太妃"，走到刘老师身后，说："刘老师，您吃糖。"刘老师缓缓地转过身子。她呆滞冷漠的双眸顿时放出光来，嘴唇哆嗦着说："谢谢你，孩子。"

整整一天，我发现，刘老师总有意无意地向我投来凝思的目光；整整一天，我心里都感到无比的快乐。

到了晚上，才发现出了问题。军军问我："小余子，我那块包在'奶油太妃'里的肥皂你是吃了还是扔了？"天啊，闹了半天，原来那不过是一颗假糖！我竟在刘老师本就受伤的心上，又插上了一刀！夜里，我躲在屋子里哭了很久，心中有种说不出的难过。

从那以后，我开始害怕刘老师的目光……几十年过去了，我再没颜面去见刘老师，那颗假糖，成了我心中永远的痛。

“我买两斤水果糖。”刘老师还是走了过来。我忙把包装好了的水果糖递过去。趁她掏钱的时候，我迅速打量了她一眼——她真的老了，脸上已经出现了老年斑，但那慈祥的笑容，使她显得那么和善。庆幸的是，她没有认出我。

刘老师转过身，终于要走了。突然间，我想到必须把事情的原委告诉她，这是一个乞求她宽恕的难得机会。“刘老师！”我禁不住叫了出来。她回过头来，惊慌地看着我，看着看着，她兴奋起来了：“你是小余吗？你真是当年的小余子吗？”我含泪重重地点了点头。她紧紧地抓住我的手不松开。突然，她像想起什么似的，从提包里抓了一把糖果塞给我，说：“来，你吃糖，你吃糖！”

捧着那把糖，我却不知所措。我有什么脸面收下老师的糖果呢？见我迟疑的样子，她笑了：“怎么，不好意思吃老师的糖？你忘了，你还请老师吃过糖呢！我还记得那是一颗包装考究的‘奶油太妃’！”

我语塞了，不明白刘老师为什么要这样，是揭我的疮疤？还是为了发泄心中几十年的怨恨？我羞红了脸。刘老师却一点也不顾我情绪上的变化，接着说：“那是最困难的时候啊，我一辈子也忘不了。那不仅是一颗糖，它是一颗最善良、最纯洁的童心哪！那颗糖，让我感觉到人世间的爱还没有泯灭，所以也给了我继续活下去的勇气。只怪老师没那福气消受，就在你走后不久，糖就被专案组的一帮人搜走了。至今我还在后悔，当初，为什么没舍得早一点将那颗糖吃掉呢？”说着说着，刘老师感伤地叹息起来。我则仿佛拨云见日：原来，几十年纠缠在我心中的结，竟根本不是我想象的那样！

当天晚上，我买了礼物去刘老师家，但自始至终我都没有勇气揭开那颗糖的秘密。当我得知几十年的良心债，因当年那帮专案组的搜查而不复存在时，我感到一种从未有过的解脱与轻松。

这时，我心中更有了一股勇气：当年，一颗搞错的糖果，可以温暖老师的一生；而今，下岗这一点小挫折，比起那时刘老师的处境来，要好上百倍千倍，我还有什么理由不好好生活下去呢？

狼财

〇申　平

那时候，草原上交通闭塞，商业当然也不发达。烟酒茶糖、日用百货，全靠一些货郎贩运。这年春节前夕，就有一个贩卖鞭炮的商人行走在草原上。

这时的草原准确地说应该叫雪原，到处都是白茫茫的一片，只有几溜马蹄印指引着商人前进。他知道，在马蹄印的尽头，肯定会有一些蒙古包或是一个村子。

太阳渐渐落山，草原上的光线暗淡下来，可马蹄印还在向远处伸延。商人就有点慌了。他知道，如果在天黑以前找不到一个住处，他要么就会冻死，要么就会被野狼吃掉。

正当商人绝望的时候，转机出现了。商人看见前面山脚下出现了一座房子。他加快脚步赶了过去，却发现这是三间空房，窗子用砖头堵死，只有门框却没有门。商人小心地走进去，看见里面空荡荡的，地上留有一堆堆灰烬和一摊摊水印，显然，经常有人在此打尖过夜。商人想：能有这房子过夜也算不错了。

商人想找个能躺的地方，但地上潮潮的，再说也没有门，怎么也觉得不安全。后来他看到了房柁。房柁很粗，还用刨子刨过，躺在上面睡觉肯定没有问题。商人便顺着房中间一个支柁的木柱爬了上去，接着把装着鞭炮的口袋也提了上去。商人把一切安顿好，天已黑透了。忽然，他从门口看见远远地来了一串串小灯笼，越来越近，但见那些“灯笼”都闪着蓝幽幽的光。“灯笼”群在门外停下，发出了一阵杂乱的嚎叫声。商人感到头皮发麻，他知道，自己遇到野狼群了。他吓得龟缩在梁上，大气也不敢出。

先有一两只狼钻进屋来，它们东闻西嗅，很快发现梁上有人，一声嚎叫，群狼纷纷涌进屋来，一齐朝上望着。商人吓得发抖，紧紧贴在柁上不动。

狼开始轮番向上跳跃，越跳越猛，有的爪子居然够到了梁柁，把那上面抓出了一道道沟。又有更聪明的狼去啃那根木柱，咯嘣嘣，咯嘣嘣，商人感到梁柁在颤动，他在心中哭喊：妈呀，看来今天我必死无疑了。

在危急时刻，商人忽然想到了火。他摸出身上带的火柴，“嚓”地划着一根，往下一扔，群狼立刻吓得一阵乱跳；又划一根，又吓得一片混乱。但划了几根之后，狼便不再害怕，接着又啃木柱。这时商人又想到了口袋中的鞭炮，他悄悄摸出一挂大雷子，冷不丁点燃了，噼啪乱响，火星四溅，狼这一惊非同小可，拼命争相逃窜，转眼无影无踪。但商人仍不敢动，他在梁柁上心惊胆战挨到天亮。

天亮以后商人才发现，地上竟留下六七只狼尸，看样子是夜里急于逃命撞在墙上撞死的。商人怕它们装死，又点燃了一挂鞭扔过去，看看仍无动静，这才爬下来。乘着狼尸还没冻硬，他找出刀来把狼皮全扒下来。他扛起鞭炮，拖起狼皮，又走了很远的路，终于到了一个村子，结果，七张狼皮竟卖了个好价钱，比卖鞭炮赚得还多。

且说商人意外发了狼财，回去以后竟改弦更张：他买了杆猎枪，专门跑到草原上打起狼来。他打狼，是为了要狼皮，卖给城里人做狼皮褥子。他也收狼皮，低价收，高价卖，几年下来，他居然发达起来。

这年春天，草原上冰雪消融，青草泛绿，商人赶了一辆马车，又到草原上来收狼皮。他知道牧人们秋冬攒下的狼皮，现在正急于出手呢。现在他的心情非常好，半躺在车上喝着小酒，哼着小曲儿。

不知不觉又走到那座空房子跟前来了。几年过去，空房子已经倒塌，只剩下断壁残垣。商人停下马车，来到他当年发迹的地方怀旧。忽然，他发现山上有一群狼走过。狼大概早就看见了他，但它们没有理他，一直往前走。他看见有一只漂亮的母狼走在最前面，它迈着优雅的步子往前走，神态倒像一个公主。在它后面，一只又一只公狼在忙着献媚，希望自己能得到“公主”的青睐。商人知道现在是狼发情的季节，而且这时的狼皮因为换毛，也不太好，但他还是忍不住去车上取了猎枪。他想现在可不是当年了，我用不着再怕你们了；再说把春天的狼皮和秋冬的狼皮混在一起卖，也没有人会发现的。到了嘴边的肥肉，不吃白不吃啊。

商人把枪支在断墙上瞄准，一声枪响，前面的“公主”一头栽倒。商人不知道，他这一枪犯下了致命的错误。如果他不打前面的母狼，而打后面的公狼，其他公狼反倒幸灾乐祸，因为少了一个竞争对手，但一旦把它们的“狼花”打死了，它们怎么会饶得过你。群狼愣了一下，马上发出一阵狂嗥，一齐向他扑来。商人举枪，一连撂倒了五六只狼，他以为狼应该被镇住了，应该像当年那样争相逃命去了，但是没有，它们就像发了疯一样，不顾一切地拼命扑过来。

这一下，轮到商人害怕了！

商人站起身，想上车逃跑，不想那马早已拖着马车跑远了。商人又开了几枪，但匆忙之中反倒打不中狼了，而且子弹也打光了……

商人发出了一阵绝望的哭号声。

当再有人路过这里的时候，看到的惨相让人胆寒，商人被狼啃得只剩下骨渣和血迹，猎枪的枪托也被咬成碎末，连枪管也被咬出许多牙痕来……

精　神

〇陈力娇

暑假回家，我和我妈的矛盾已经到了白热化程度，我妈让我做的事我一件也不想做。用她的话说，我很叛逆。

我总是心烦。身体里有个鬼，鬼总拿着支小火把，到处点，仿佛我是个火柴盒，它一擦就着。我甚至能闻到我身上的焦煳味。

这一天，我妈让我去补习。她的意思是，利用暑假时间，把立体几何再学一遍。她知道我这一科极差，而我的想法是，休息休息，换换脑筋。我的脑袋里，早让一盆糨糊糊住了，我妈再一唠叨，就像在贴一圈小广告。

我决意忘了她的嘱托，就约了几个同学去一家麻将馆打牌。麻将馆都是中老年人，只有我们一伙中学生。我们也不打麻将，只打牌，斗地主，从上午十点开始，一直酣战到晚上九点，胃里搅搅拉拉地难受了，才猛醒——一天没吃东西了，该回家了。

由于走得匆忙，也由于饿，回到家我才发现，把上衣落在麻将馆了。上衣不是值钱的上衣，丢了也行，可是兜里有我一个钱夹，钱夹里有五百元钱，是这学期在学校省出来的饭费，本是想给我妈买补品的——她总是心悸，但一看到她那样，又烦了。

我平时最恨我妈的是，我什么事都瞒不过她的眼睛，对我，她就像雷达监视器，步步跟踪，什么都知道。果然这会儿，她盯着我看了半天，忽然顿悟，说，你的衣服，怎么不见了？我见躲不过她，就说，落在麻将馆了。谁想她一听，立马坐了起来，好像衣服是一件金衣服，她急吼吼地说，衣服丢了，还不去找，咱家开服装店啊？

她不这么说还好，一这么说，我就来了脾气，我也一样敞开嗓门儿对她吼，丢了就丢了，丢了还会找回来。小偷听你的？我妈见我强硬，摸起扫炕笤帚打了过来。我一把将笤帚接住，想把它扔回去，终究没敢，但我的话却狠了起来，我告诉妈妈，我不但丢了衣服，里面还有五百元钱呢。

我妈一听这话，顿时捂起了胸口。我讨厌她这副病恹恹的样子，就掉头回了自己的房间。躺在床上我想，不是我不去找，是我去了也没用。衣服里没钱还好，有了钱，谁还会把衣服还回去？

我正想着，一个大黑影罩住了我，吓了我一跳，一看是我妈站在了门口。她立眉瞪眼，问我到底去不去，她说，事没到最终不能死心。我回道，我看你是死心眼，事出来你都不知道，非得事过去你才能明白。我妈说，你聪明，你聪明你就给我考上大学，别动不动这也不会那也不会。

我妈揭我的老底，让我无地自容。我一跃而起，抓起背包，往里装东西，是我的充电器、MP4、课本等。我决定回学校，远离她的聒噪。我妈看我这样，也做了让步，没再理我，一个人出去了。

她走后，剩我自己，屋子里一下子静了，这让我很心虚。我兜里没一分钱，拿什么走，再说，我走也是给她看，她不在我走还有什么意思。想想，放下背包，打开电脑，想找个懂我心的人聊天，但是QQ上没有小苹。

小苹是我初中同学，没有念高中，自己开了个服装店。如果今天我妈不走而是我走，走投无路之际，我还真得去小苹那里借钱。刚玩了两局五子棋，小苹的头像跳了出来。小苹向我做个鬼脸，然后说，我看见你妈了。

我问，在哪儿？

小苹说，在麻将馆。

我说，你也去那里？

她回答，去找我爸。

找到了？

当然。

找到就好好睡觉，上来做什么？

我觉得你妈那人挺好。

哪儿好？

人长得好，还有进取意识。

不会吧，我妈是个卖菜的，能卖好菜就不错了，谈什么进取意识。

小苹说，你妈让我感动。她去找你的衣服，你的衣服里有钱，谁知道兜里有钱都不会去找，因为没有希望。你妈能在没有希望的时候找到希望。

那是她小抠儿。

不，她不小抠儿，她找到你的衣服时，从里面拿出一百元，把所有去玩的人的入场费都付了。

我机警起来，她想干什么？

小苹说，老板娘把衣服保管起来，你妈去找就给了你妈，钱原封未动。

这好理解，她不知道里面有钱啊。

不，她知道，她先让你妈说数，数对了，她才给的。

我心里一块石头落地，但却有说不出的滋味。

小苹说，你猜你妈为什么不谢老板娘而付入场费？你妈说，为了让大家记住这件事，记住这间屋子，记住这颗心。

我无法回答小苹，却又不想冷场，就打出几个字狡辩。可是这和进取意识有什么关系？

小苹说，关系大了。你妈找到钱，其实是找到个真理：什么事都不要轻易绝望，什么事都没有那么糟糕。先前我们都知道这个理儿，可是我们都不会像你妈那样一往无前。

放在床头的手机响了，是报点音乐，可是我还是站起身走了过去，以避免和小苹的继续谈话。

两个狩猎汉

○黑　白

张老三在深山老林里发现一只熊。

这片山林里熊已绝迹多年，传说中的熊瞎子只是偶尔还出现在母亲们的嘴边，那是用来吓唬不听话的孩子的。张老三打猎这么多年，从来也没见过真正的熊。那天黄昏时分，他从一片老林里经过，猎枪上挂着几只野兔，突然发现不远处的树梢在不安地晃动。他本能地往地上一伏，端起猎枪，却看见一只熊瞎子笨拙地一步三晃地走进一片桦树林，慢慢悠悠地钻进一个树洞中。张老三吓坏了，不敢轻易扳枪栓。他听父亲说过，熊瞎子可不能随便打，一是国家明文规定猎杀熊瞎子要犯法；二是熊瞎子特别厉害，它会循着枪声猛扑过来，打得不准往往会把猎人的命送掉。

张老三一晚上没睡着，倒不是因为惊吓，主要是这只熊让他眼红。外地商人偷偷进山收购熊皮，出价 8 万块一张，这还是五年前的价，现在最少也能值 20 万吧，就是出 20 万也收购不到，因为熊早就绝迹了，一张熊皮，那该是多值钱的东西啊！张老三眼睛不由得放起光来，越想越睡不着。但他一个人断然不敢去猎这只熊，他没有猎熊的经验，思前想后，他突然想起老猎手王老五。

王老五比他大 10 岁，从小打猎至今，起码有 50 年的历史，据说他曾打过三只熊瞎子，他的一件熊皮背心至今还穿在身上，虽说是用熊耳朵、熊腿上的碎皮子拼凑而成，但冰天雪地里只要穿上这件熊皮背心，整个人身体立马暖和起来。凭良心说，张老三不愿找王老五，为什么一笔从天而降的财富要让他来分享？但他想了又想，还是觉得离开王老五不行，很简单的一条就是王老五有经验，打过熊瞎子——像自己这样没有猎熊经验的生手，搞不好反被熊瞎子吃了。

第二天吃过晚饭，看看天黑下来，张老三踩着厚厚的积雪来到王老五家。掀开棉帘子，一家人正在炕上吃饭，王老五盘腿喝着包谷烧酒，看见张老三进来，显然有点儿意外，忙招呼让座，递上烟卷。张老三等王老五老婆收拾好碗筷进了厨房，才小声说：老五，有句话我跟你说。王老五说：说就是了。张老三说：我看到一只熊瞎子。

王老五吃了一惊，眼睛一亮，坐正了身子：真的？张老三说：还能骗你不成，我亲眼在桦树皮洼子那块儿看见的，就在一个树洞里。

王老五的小眼睛立马放起光来：这样好吧，宜快不宜迟，咱们今晚就去打。张老三看着他的急迫劲儿，心里有些后悔，他想了想，说：好事不在忙中取。我们明天下午动身，先准备一下。

王老五说：有我呢，你怕什么。事已至此，张老三只得说：我不是怕，要打我早打了，老五，你该记着我的情，我心里一直有你呢，你看，一有好事我首先想到的就是你，村子里有那么多的猎人。王老五说：你找我算是找对人了，老一辈猎人都死了，小一辈的没打过熊。他觉得话有点不好听，马上换了口气说：你狗儿运气就这么好，熊瞎子就让你遇见，这是几十年出一回的事啊。他低下头小声说：现在一张熊皮可值 25 万，25 万啊！我有路子，我们打了剥了皮就放在山洞里，我找商人，山外有的是，还有熊掌也能值八九万，我的天！王老五显然有点失态了，鼻涕和口水一起流出来，他抓住张老三的手使劲抖着。张老三没见过王老五如此欣喜若狂，心里更加后悔，他抽回手，说：老五，你说我们两个怎么分呢？

王老五说：对半分啊，老三，我跟你说，你不要以为熊是你发现的就要多分一些，其实我不去，你没办法打，搞不好还丢了性命，那可划不来。

张老三不高兴了，说：话不能这样说，是我发现的。我要是不叫你，你有一身本事又有何用？毕竟一夜之间你拥有了十几万块钱，这都是我给你带来的啊，你挣了一辈子又挣了多少钱？

王老五小眼睛狡猾地眨了眨，说：我知道，我感激你一辈子，这还不行吗？张老三说：我看这样，三七分，我得七分，你要不愿意，我再找别人，十几万的钱财，找谁谁不愿意？王老五沉下脸：你这不是欺负人嘛。张老三说：谁欺负你了，我好心好意叫你，没想到你这么贪心。王老五低头抽着烟，忽然脸上一下子堆满了笑：好好，就听你的，兄弟，你怎么说怎么好。张老三点头说：这还不错。他们脑袋凑在一起商议了一下明天的行动方案。张老三在夜半才回到家，越想心里越不踏实，他不想跟王老五一道去了，这家伙不够意思，三七开还是便宜了他。张老三要另找别人合伙，或者他出一万元，就当请个帮手。他起身来到王老五家，却不见王老五人，靠在墙上的猎枪也不见了，他惊出一身汗来。这家伙一定到桦树皮洼子去了，他想下手独吞呢。张老三回家取了猎枪，紧赶慢赶总算在深山里追上了王老五，前面坡坎下就是桦树林。王老五听见脚步声回过头来，惨淡的月光下，雪原上的老林子黑糊糊的，王老五看上去像个鬼。张老三大声骂道：你他妈的心好黑，想丢了我独吞，我当你是人，没想到你是鬼！王老五说：心黑的是他妈的你，明明是两个人猎的熊皮，却要三七分，老熊怎么不吃了你！张老三一看来者不善，说：那好，就依你，熊皮对半分，那熊掌归我。

王老五一听，火一下在心中燃烧，他趁张老三低头小便时端起猎枪对着他的后脑勺，说：好，我先要了你的命，不然，这钱没法子分。他这样说着，手心沁出一片汗水。张老三知道猎枪就挨在脑后，他整个身体像一下子冻僵了，他嘴里说：开什么玩笑。王老五大喊起来：不要动！

就在这时候，“呼”的一声，张老三和王老五感到一股狂风卷起树叶和雪粒扑过来，他们猛地回头，就看到那只眼放绿光的老熊瞎子。熊瞎子就站在他们身后，举着硕大无比的熊掌朝他们俩的脑袋瓜子拍过来，就像用铁板拍打两枚生鸡蛋。

宝　刀

〇许　仙

唐氏家族的镇族之宝，乃是老祖宗传下来的一把刀。

老祖宗当年走南闯北，东渡日本，西涉印度，九死一生。有一次去西域途中，在沙漠上遭遇土匪，整个骆驼商队除了老祖宗外，再无他人生还。要说老祖宗比他人幸运，就是劫后其他人没有苏醒过来，而老祖宗苏醒过来了。他环顾四周，除了遍地尸体、一些零散兵器，其余的全被土匪抢走了。老祖宗捡了一把刀，从土匪尸体上取了些肉，得以补充体力，才总算死里逃生，回到故乡。

说来也怪，自从有这把刀护身，老祖宗生意兴隆、财源滚滚，到了他晚年，老祖宗让人在刀面上镶了七粒价值连城的钻石，形同北斗七星，遂成为传家之宝。一代代唐氏后人，纷纷往刀上添宝贝，以显自己能耐。

如老祖宗的长孙，不甘心落后于祖辈父辈，将其终生所获的两枚鸽子蛋大小的夜明珠，嵌在紫檀木刀柄上，从此宝刀出鞘，夜明如白昼。总之，唐氏后人千方百计往刀上添花，而且添的都是自家的花。家中出文人，就往宝刀上刻诗句；家中出画家，就往宝刀上雕图；家中出知府，就往宝刀上镂官印……传到唐氏第一百三十七代孙手上，这把宝刀与老祖宗手上的那把宝刀，早已不可同日而语了。

唐氏列祖列宗附在刀上的宝贝，价值自然无法估量，而且整把宝刀上，早就被镶镂嵌雕刻满了各种宝贝，再没有空白处可供后人添加了。但唐氏第一百三十七代孙即现今的族长，为了对得起列祖列宗，非要往宝刀上添上光辉的一笔，让人在刀背上钻了十个孔，每个孔镶以象牙梅花，每朵梅花上微雕了唐氏族谱、族训和族图腾。此外，他还用沉香木特制了一只刀盒。等到这年的祭祖之日，全族人恭请宝刀，举行了隆重的庆典仪式。就在族长双手托起宝刀，轻轻地将它放入沉香木刀盒时，这把被唐氏族人整成奇形怪状的、很难说是一把刀的宝刀，仿佛下定了决心，突然粉碎了自己，变成了一块块很小很小的碎片；至于那些镶镂嵌雕刻在它身上的宝贝，终于不再是它的附属品，快乐地滚满了沉香木盒子。

整个唐氏族人出奇的平静，他们没有被震惊，而是内心充满了惊喜，他们早就料到有这一天，早就在盼着这一天；现在，这一天终于来到了。这把镇族之宝的刀终于结束了它的使命。

喝与品

○刘　玲

那天，朋友来我办公室，神采飞扬地告诉我，真正陈年的普洱茶要上万元一杯，而且，茶商要和喝茶的人论茶道，验证是喝茶的主儿，才会斟上给他，否则出钱也是喝不到的。

我是第一次听说，但并不觉得惊奇，所谓好者好，恶者恶，用心爱着的事物，是不能用金钱衡量的。

1996年，我大学毕业参加工作，工资刚刚拿到三百元，买一件稍上档次的衣服都不够，但我却不吝啬到歌厅唱歌的花费，那时候，还没有包房，只在大厅，一般都有几拨人在消费，点的歌写到单子上，送到音响间，按顺序放，和我常去的，是一位也喜欢唱歌的女友，五元一首的消费，在当时算贵了，要唱到差不多百元，才会心满意足地离开。

后来去的多了，老板很惊奇我的执着，在一次付过账离开的时候，追出来，对我说，以后来这里可以免费，因为你是真正爱唱歌而不是为了消遣，我把这个大厅给你一半。因为免费唱歌就有供人娱乐之嫌，我当然拒绝，而且，自己不花钱，就不会特别用心了，以后很长时间，我依然光顾，依然付账。

工作以后，接触公文多了，渐渐忘记了自己的笔曾常触心灵之处，人，也客观呆板了一些，一次，到复印店打印材料，结识了一个自己写书的女人，再婚的她在丈夫的支持下，写书祭奠亡夫。在电脑屏幕上读着出自一个家庭主妇之手的生涩文字，内心突然有种难言的感动，我要求把这些未成形的文字带回家，逐字逐句为她着色修正。

完成的时候，这个女人现在的丈夫，一个也算有身份的人，约我到家里小酌，临走送了我一套自己珍藏很久的紫砂壶，也许，在他的心目中，颇具艺术气息的紫砂器具是要配送文化人的。

对于茶，我很少喝，即使喝，也只是为了解渴，而用紫砂来盛，那叫品茶，自己也不是附庸风雅的人，当时接过去，觉得真是受之有愧，委屈了这套紫砂精品。就像我从来不养鱼，不养花，如果只是为了装饰家居，不能用心对精养的事物熟通熟知，不如不养，不如让真正爱它们的人来呵护。

前不久，我把那套紫砂茶具送了出去，送给的人，交情不深，也没有特别的理由，就是因为，他是懂茶的人，与其在我这里尘封，不如让懂她的人把玩品味，于人、于紫砂，都适得其所。

所谓，对于茶，喝与品是不同的。

班公湖边的鹰

○王　族

几只鹰在山坡上慢慢爬动着。

第一次见到爬行的鹰，我有些好奇，于是便尾随其后，想探寻个仔细。它们爬过的地方，沙土被沾湿。回头一看，湿湿的痕迹一直从班公湖边延伸过来，在晨光里像一条明净的布条。我想，鹰可能在湖中游水或者洗澡了。高原七月飞雪，湖水一夜间便可结冰，这时若是有胆下湖，顷刻间肯定叫你爬不上岸。

班公湖是个奇迹。在海拔四五千米的高原上，粗糙的山峰环绕起伏，幽蓝的湖泊在中间安然偃卧。与干燥苍凉的高原相对比，这个不大的湖显得很美。太阳已经升起来了，湖面便扩散和聚拢着片片刺目的光亮。远远的，人便被这片光亮裹住，有眩晕之感。

而这几只鹰已经离开了班公湖，正在往一座山的顶部爬着。平时所见的鹰都是高高在上，在蓝天中飞翔。它们的翅膀凝住不动，像尖利的刀剑，狠狠地刺入远天。人是不可能接近它们的，鹰对于人来说，则是一种精神的象征。据说，西藏的鹰来自雅鲁藏布江大峡谷，它们在江水激荡的涛声里长大，听惯了大峡谷的音乐，形成了一种要永远飞翔的习性。它们长大以后，从故乡的音乐之中翩翩而起，向远处飞翔。大峡谷在它们身后渐渐远去，随之出现的就是无比高阔遥远的高原。它们苦苦地飞翔，在狂风大雪和如血的夕阳中，它们获取了飞翔的自由和欢乐。它们在寻找中变得更加消瘦，思念与日俱增，变成了没有尽头的苦旅。

而现在，几只爬行的鹰散落在地上，臃肿的躯体在缓慢地往前挪动，翅膀散开着，拖在身后，像一件多余的东西。细看，它们翅膀上的羽毛稀疏而又粗糙，上面淤积着厚厚的污垢。羽毛的根部，半褐半赤的粗皮在堆积。没有羽毛的地方，裸露着红红的皮肤，像是刚刚被刀刮过一样。已经很长时间了，晨光也变得越来越明亮，但它们的眼睛全都闭着，头颅缩了回去，显得麻木而沉重。

几只鹰就这样缓缓地向上爬着。这应该是几只浑身落满了岁月尘灰的鹰，只有在低处，我们才能看见它们苦难与艰辛的一面。人不能上升到天空，只能在大地上安居，而以天空为家园的鹰一旦从天空降落，就必然要变得艰难困苦吗？

我跟在它们后面，一旦伸手就可以将它们捉住，但我没有那样做。几只陷入苦难中的鹰，是与不幸的人一样的。

一只鹰在努力往上爬的时候，显得吃力，以致爬了好几次，仍不能攀上那块不大的石头。我真想伸出手推它一把，而就在这一刻，我看到了它眼中的泪水。鹰的泪水是多么屈辱而又坚忍啊，那分明是陷入千万次苦难也不会止息的坚强。

几十分钟后，几只鹰终于爬上了山顶。

它们慢慢靠拢，一起爬上一块平坦的石头，然后，它们停住了。过了一会儿，它们慢慢开始动了——敛翅、挺颈、抬头、站立起来。片刻之后，忽然一跃而起，直直地飞了出去。

它们飞走了。不，是射出去了。几只鹰在一瞬间，仿佛身体内部的力量迸发了一般，把自己射出去了。

太伟大了，完全出乎我的意料。

几只鹰转瞬间已飞出很远。在天空中，仍旧是我们所见的那种样子，翅膀凝住不动，刺入云层，如若锋利的刀剑。远处是更宽阔的天空，它们直直地飞掠而上，班公湖和众山峰皆在它们的翅下。

这就是神遇啊！

我脚边的几根它们掉落的羽毛，我捡起，紧紧抓在手中。

下山时，我泪流满面。

鹰是从高处起飞的。

水涧不能干

〇袁省梅

油锅说支就支起来了，火苗腾腾地舔着锅底，清亮亮的半锅油转眼也烧开了，冒着拳头大的泡泡，黄灿灿的，一朵挤着一朵，旋灭旋生，旋生旋灭，咕嘟咕嘟响。

油锅架在史家庄和张家堡中间的涧边一块空地，涧两边挤满了两个村子的人，东涧台上是史家庄的人，西涧台上是张家堡的人。人们张着干燥的起皮的嘴，挤在一起，慌乱地瞪着油锅。

史家庄和张家堡隔涧而望，涧里有一股从北山筛子崖流下的清泉，天旱天涝，泉水都不会断流。两个村子缺水，常为争这股水打得头破血流。眼下又是一个大旱年，入暑以来，35 天没有下一滴雨，地里玉米苗宽宽的叶子都卷成了烟筒般，豆棵子也蔫了，花生蔓红薯蔓也都软软地趴到了地上，只有树上的知了精神头儿足，“吱吱”地没明没黑地嘶鸣。两个村子的人们都不想像以往那样，争水打得往家抬死人。可怎么分这点儿水呢?谁都想多分一成。争来争去，两村的族长说得嘴上都起了水泡，才达成一致。

油锅捞铜钱!

10 个铜钱，同时捞，捞几个分几成，一个不捞，一滴水也不能有。

两个村子的族长各悬赏 100 个银元，捞一个铜钱奖励 10 个银元。史雷子要上去，没有奖励史雷子也会上去。老娘嗷嗷地嚎哭着死死拽住雷子的后背，我的娃啊，油锅出来你还有手啊。雷子老爹眼睛瞪得比铜钱还要大，大声地呵斥雷子老娘，不争馒头争口气，别说一只手一条胳膊，就是搭上命，能挣来水，也值！

史雷子不理会老爹，抓着老娘干枯的手拍拍，头也不回地走向油锅。

阳光如镬头般嘭嘭地敲打着每个人，两边的人静默着，担心和恐慌在眼里流淌。

史雷子站在油锅边，转脸向涧西的台子上找寻。史雷子看见了张家堡人群中的桑桑，史雷子的眼睛一下子比太阳还要亮，比油锅还要烫。史雷子的嘴角牵了牵，微笑如油锅上的热气，带着香甜的气息，淌向桑桑。

张家堡的人不知道史雷子的笑是给桑桑的，他们都大骂史雷子，说史雷子你张狂个屁，我们栓子肯定比你捞得多。

张栓子代表张家堡捞铜钱。张栓子是桑桑的哥哥。桑桑听着人们的骂，不吭气，担心和惊恐如乌云般渐渐笼住了眼睛。

史雷子看着油锅，槽牙咬得“咔吧咔吧”响。

张栓子看看史雷子，恨恨的眼睛“嘭嘭”地冒着火花。

“嗵嗵嗵”，10个铜钱在阳光下一闪，就像鸟儿般扑向油锅。

人们唏嘘的声息还没缓过，史雷子的手嗵地插进了油锅，刺——一股淡淡的青烟缭绕开来，随即，肉糊的臭味直直地撞向每个人。人们心悸地瞪着眼等待。

阳光如炸裂的豆荚毕毕剥剥炸响在人们的头顶。

时光停止了。

倏地，史雷子的手从油锅里钻了出来。张栓子看着雷子吱吱地冒着气已焦黄的手，龇着牙，脸上的肌肉惊恐地哆嗦，汗珠子一嘟噜一嘟噜地流淌，身子像风中的树叶一样抖个不停。史雷子咬着槽牙，“砰砰砰”，十个铜钱带着长而白的哨音“咕噜噜”飞落地上。

史雷子老爹秃鹫般“嘎嘎”地笑，正要捡拾起地上的铜钱，雷子闪前一步，捡起五枚，扔在张栓子的脚下，抬头看见满脸泪水的桑桑，热切切地望着他，史雷子的心甜得像灌了蜜糖，手上灼烧的疼痛也似乎减轻了许多。

族长恼火地看着史雷子，你这是干啥啊！

史雷子定定地说，坏我一个人的手就行了，我不想瞅着还有人受罪。水是老天给大家伙的，不能只流给西边的地，也不能只往东边的地里流。咱们两村千年邻居，地挨地沟连沟，就不能坐下来好好商量分水吗？非得要这样流血丧命地闹腾吗？雷子说着，脸上痛苦地抽搐着，举着烫伤的手，说，若再这样下去，老天也会断了水，咱这条水涧也会成干涧的！银元，我一个也不要。用这些银子修两条水渠，史家庄一条，张家堡一条，我们分开日子浇灌，你们说好吗？

人们“哗哗”地拍着手。

桑桑看着雷子，笑得满脸都是亮亮的泪珠子。

把我的礼物送给他

〇徐慧芬

镜子中的她，经过一番打扮，仍有着十分姣好的面容。今天早晨，她在镜子前逗留的时间有些长了，心情也像一朵半开的花，羞答答地有所期待。

想到这三个月的变化，她的心仍像一头碰到猎人追赶的小鹿般地乱奔起来，两团红晕忽地涌上面颊。她曾不止一次地问过自己这样好吗，她回答不出。潜意识里仿佛有一个声音替她回答：一切顺其自然吧。但是她又害怕这个声音会无止境地引诱着她，朝那个不可测的深处走去。

三个月前的一次老同学聚会，她碰到了她的初恋情人，那个十年前分配去了外地的A君，现在居然又回到了这个城市，成了一个大集团公司的副总。

当初，因为她的家人极力不允，俩人才忍痛断了这份儿缘。聚餐会上，老同学们都捧着酒杯，向A君祝贺，她的心情可想而知。她极力想躲避那道灼人的目光，然而却欲罢不能。四目相对，流出的恰似一部长篇小说。渐渐地她不胜酒力，醉倒在席间。是好心又爱多事的同学们起哄着，让A君抱起她，放进他的车内，让他的宝马载着她去公园湖畔吹吹风、醒醒酒。

她被湖畔微风吹醒过来，发现A君正含情脉脉地注视着她。老同学，这么些年你过得还好吗？这是俩人坐在湖畔石凳上，他的开场白。

她笑而不答。于是她又说了一句婚姻像鞋，舒服不舒服只有自己知道，别人不能体会，对吧？

谁说不是呢！她与丈夫，八年婚姻，正像脚上的鞋，虽是按自己喜好尺寸选择的，但刚穿上总不太习惯，多跑了点路，脚还要痛。开始几年里，俩人磕磕碰碰，架没少吵过，以后，就像这鞋子磨软了，彼此也渐渐适应了。八年了，鞋子穿习惯了，但磨损得旧了，看起来就不太顺眼了。现在她看到她那个终日忙忙碌碌、勤勤恳恳、无甚大建树的丈夫也不太顺眼了。

A 君已是离异独身，向她发动了有步骤的攻势。三个月里，他向她发出了花样颇多的十次约会邀请，她犹犹豫豫地接受了四次。今天是 2 月 14 日，西方的情人节，又正好是休息日。半个月前，他就告诉她，他准备带她到西郊的高尔夫球场，教她打高尔夫，俩人放松放松好玩个痛快。

她一个晚上没睡好。她瞅着边上鼾声大作的丈夫，心里怨道，死人，光知道上班，你若懂点风情，明天请个假，不再加班，陪我玩一天，或者买束花，讨好我一下，我哪会跟别人跑！

早饭后，她仍有些犹豫。她躲在卫生间里，取出一枚硬币，正面反面地扔了好几次，没了兴趣。算了，出去玩一次，又能怎样！

六岁的儿子，是个精灵鬼，见妈妈打扮得这么漂亮，就问：是带我一起出去玩，要拍照是吗？不，儿子，今天妈妈要去看一个同事，他生病了。她编着谎言。我跟你一起去看他好吗？不，他住了医院，医院里细菌多，小孩子去不好。我先把你送到姥姥家去，然后再去医院。她一面说，一面在心里骂自己是个骗子。那你去看同事要送礼物给他吗？儿子又问。当然要送，你看送什么好呢？她逗儿子。转眼，儿子奔到他小房间里，取出一幅蜡笔画，举到妈妈面前说：老师表扬我这幅画画得好，把这幅画当礼物，送给你的同事好吗？

她慢慢展开画面，出现在她眼前的是三双紧紧靠在一起的鞋，左面是一双高跟女鞋，右面是一双大头男鞋，夹在中间的是一双童鞋。儿子将三双鞋的颜色涂得十分灿烂夺目，画面上歪歪斜斜写着一行挺大的字：我的一家。

她的手有些颤抖了，眼睛久久注视着画面。猛地，她将儿子抱了起来，狠命地亲吻着。手机再一次响起时，她在里间接通了电话。出来后，告诉儿子，那位同事已经病好出院了，妈妈今天不去看他了，妈妈现在准备带自己的小宝贝出去好好玩一天。

那以后他上班的时候，你再把画送给他吧。儿子小心翼翼地把画卷起来。好的，妈妈以后一定把你的礼物送给他，让他好好收藏着。她一边回答儿子，一边悄悄地抹去了眼角溢出来的一颗泪。

不要欺负那个爱你的人

○夏爱华

她爱过一个人，结果是她被那个人伤害得遍体鳞伤。这伤，不是身体上的，而是来自心灵。其实，要让一个女人心死，不用打她骂她，不理她就行了。寂寞、孤独，足以让一个心中有爱的女人变得疯狂，不仅心痛，而且心碎。

之所以这样，其实原因很简单，就是因为她爱他。爱他，就心甘情愿被他欺负，忍受他的谎言与欺骗，容忍他的种种自私与冷酷。直到有一天，他逼她离婚，她还苦苦哀求他不要离。

不过最终还是离了。他欺负她，早就成了习惯。她像一个心囚，明知他有外遇还坚守忠诚。而他对于她的坚贞，仅仅报以一声冷笑罢了。

长夜漫漫，无以忘忧。她上了网，认识了一个网名叫做牧云公子的人。牧云公子，来自遥远的南方，一个山清水秀的小城。她被他的温柔情怀打动，最终爱上了他。就这样，一个北方女子，沉浸在南方帅哥的温情缱绻里。每天，她一上网，就看见娇艳的玫瑰，一朵一朵，绽放在眼前。每天，她打开QQ，就能收到他真挚的问候。每天，他打来电话，诉说对她无限的眷恋。每隔三天，他就写一封情书给她。

她是他眼里的女神。虽然他的文章写得不错，可是他却认定她写得更好。虽然她相貌平平，他总是赞扬她有气质，是才女，她也就习惯了。因为她的遭遇，他对她充满怜惜。爱情如海，她悠游其中，畅快而惬意。

人是健忘的动物。习惯了他对她的好，她便忘记了曾经有人那样欺负过她。她的脾气见长，说生气就生气。她说，牧云公子，所有的事，你错了是你的错，我错了也是你的错。他像娇宠孩子似的微笑着反驳，天，那你也太霸道了。不过，谁让你是我心中的女王呢？一边说，一边发来一朵朵的玫瑰，要她收下。

橘花飘香的季节，她专程去看望他。他们紧紧相拥。因为爱她，他迁就她所有的嗜好。时刻小心，像贴身的保姆一样照顾她。也因此，她愈发像公主一般刁蛮，想发火就发火，一不顺心就说分手。

他哄她、劝她、哀求她，不要分手，有话好好说。他说绵绵情话给她听，逗她开心。

这使得她变本加厉，之后不仅总是闹分手，还动不动就关机。

他说，我一直打你手机。我知道你关机了，可我想你总有开机的时候。她感动得流泪了。同时，习惯性地，她把闹分手当成了游戏，常常乐此不疲地玩这个游戏。

终于有一天，她关了几天机，开机以后，没有看到应该有的他发来的求和短信，也没有什么绵绵情话。起初，矜持让她不愿去俯就他，更不去质问他。可是爱在心头，她终于忍不住上网找他。她说，我想和你谈谈。他淡淡地应道，我很忙。此后，联系中断。她的心，陷入痛苦之中。曾经习惯了的温情，一旦失去了，简直令人绝望。她甚至有了轻生的念头。

有一天，他终于说了实话。他说，我已经不爱你了。我的爱人，应该能够和我同甘共苦，而不是经常闹分手；我的爱人，应该对我温柔体贴，而不是高傲得不可一世。我想你一定是搞错了，我是在找爱人，不是在找主人。

原来是这样！她的心，一瞬间沉入绝望的深渊。一切都不可挽回了。她哭，她求，她诉说自己的爱。可是没用了。因为不懂珍惜，她错失了一份爱情。

静静的午夜，她想念他。她终于明白，之所以错失真爱，是因为她一直在欺负他。因为他爱她，非常爱她，所以她就尽情地欺负他，一如以往她的前夫欺负她一样。

她终于明白，爱情面前人人平等。两个人，要相互尊重，爱才能够持久。可惜她明白得实在太晚了。就这样眼睁睁地看着一个曾经那么爱她的人，在茫茫人海中与她擦肩而过，再没了踪影。不要欺负那个爱你的人，她对自己说。如果今生再遇真情，她一定会格外珍惜，好好地爱那个人。

城市不远

〇舞月飞

狗蛋独自坐在村口的草垛上发呆，市里距村子究竟有多远？娘总说城市很远很远……明天会有很多城里来的叔叔阿姨站在这儿，狗蛋看着草垛前的学校操场想。

这是村里唯一的一所小学校，是四年前“希望工程”资助办起的，狗蛋是第二批被资助的对象之一。明天，那些捐款的叔叔阿姨就要来了，来参观“希望小学”，来看望他们这些被资助上学的孩子们。

学校很重视这件事，特意给每个孩子发了一套蓝色的衣服，虽然不是很好看，但很统一。狗蛋抚摩着蓝衣裤，心里莫名地紧张和烦躁起来。狗蛋不是个能说会道、讨人欢喜的孩子，这一点儿他自己也知道。

第二天是晴天。狗蛋和其他被资助的孩子清晨六点就在校门口排好了队。他们都穿着蓝衣蓝裤，除狗蛋外，每个人都佩戴着少先队干部的标志。

八点左右，一辆有茶色玻璃的车子停在了村口，叔叔阿姨走了下来。校长迎上去，把他们一个个领到被资助的孩子面前。

一个很漂亮的阿姨走过来摸着狗蛋的头说：“你就是刘狗蛋吧？我是张阿姨。”狗蛋心里一热，这就是三年来一直给自己寄钱的张阿姨？他想微笑，但一抬头却看到了扛黑盒子的叔叔面对着自己。那是摄像机，狗蛋上课时听老师说过的。不知为什么，他的嘴角一下子就沉重起来，怎么也弯不上去。

排在狗蛋旁边的慧慧是“三道杠”，很乖巧的一个小姑娘。一个高个子阿姨正按着她的肩膀说要考年级第一、不许顽皮之类的话。所有的人都在热烈地交谈，只有狗蛋这儿冷了场。

校长走过来，握握张阿姨的手，说：“其他人在捐钱之前都提出了很多的条件，比如孩子的成绩、相貌、健康、性格等，甚至有人提出不是‘三道杠’的不资助。只有您什么要求也没提，这才有了狗蛋被资助的机会。狗蛋一年级时是差生，现在达到中等，您——”

张阿姨打断她：“没关系，成绩并不重要。”

校长微笑着说：“这孩子懂事，不像别的孩子那样调皮，也很少说话。”

张阿姨蹲下身，拍拍狗蛋的脸，轻轻地在他耳边说：“其实你也可以调皮一些的。”狗蛋很惊讶，慧慧的高个子阿姨说过的，若慧慧调皮就不给她交学费了。可张阿姨?

狗蛋侧头看着张阿姨，她的眼睛弯弯的，带着一种顽皮和善良的光芒。

日落的时候，张阿姨要走了。狗蛋站在草垛边，不近不远地注视着在车门旁与校长讲话的张阿姨，隐约飘过来几句话：“我们拿出区区几百元，就有资格苛责孩子们这样那样吗？我只是真心想帮助他们，希望他们多一些欢乐。”

狗蛋的嘴角弯了上去，虽然他还不是很明白这几句话的意思，但他知道城市其实并不遥远……

人生答卷

〇一　冰

晓春是个农村孩子。他的学习成绩不怎么好，这也不能怪他，他家生活条件差，放了学还要放羊、割麦……这是没办法的事。

初中毕业，他的选择只能是回归到他父辈们的生活中去，面朝黄土背朝天，大不了出去打上两年工，回来照旧还得务农。除了皱纹会慢慢增加，他的日子将一成不变。

毕业时，班主任老师对每一个学生都作了一个中肯的评价，老师说晓春的体育不错，比如长跑，比如跳高，等等。老师希望自己的话能对学生将来的命运有些帮助，但并没有多少家长和学生把他的褒奖和鼓励放在心上。

唯独晓春的母亲记在了心里。回到家，晓春的母亲对晓春的父亲说："老师夸咱娃体育好，咱们送娃去考体校吧。考上了，就有公家粮吃了。"

父亲听说有公家粮吃，也来了兴致，他也同意，可是钱呢？去考试得有报名费、考试费，还有路费和食宿费。父亲拿出家里所有的积蓄，才凑了300元，只怕刚够车费。

晓春说："300元够了。"

到了省城，找到体校，考试已经开始了。晓春几乎是拼着命完成了考试。可是，他的成绩很一般。

体校的老师对他说："你没有考上，你回去吧。"

晓春默默地收拾着自己简陋的行装，老师看他狼狈的样子，想再跟他搭两句宽慰的话。老师问："你家是哪里的？"

晓春说了家乡的名字，老师说："那地方够远的，车票买了吗？有座位吗？"

晓春摇了摇头，说："我走回家。"

"走回家？"老师吃了一惊。

晓春得意地说："来的时候我就是走来的——八百里路，我走了九天。"

老师不相信地问："你是……你是从家里走来的？"

"嗯。"晓春说，"我还以为要误了考试呢，没想到还赶上了。"

老师的喉咙有些堵："也就是说，你一直在走，没有休息，更不可能吃得很好……就参加了考试？"

晓春点了点头，说："我是考试的前一天夜里到的，就在学校的门厅里躺了一会儿，早上还差一点儿被保卫科的人赶了出去呢。"

老师的眼泪涌了出来，他一把抓住晓春的手，说："我们一起去找校长！"

在校长面前，老师语无伦次，他说他见过很多参试的学生，考前请人帮助训练，饮食休息都有人安排，甚至有些学生还弄虚作假，托关系走后门……老师激动地说："但我没见过这样的学生，为了给家里省钱，他走了八百里路来考试！这个学生一定要收下，不为别的，就因为他这份不同一般的答卷，这份答卷是用脚走出的，用远远超过常人的坚韧毅力走出来的，而这，正是一个运动员必备的最重要的素质啊！"

晓春被录取了。他的学费也得到了减免。他没有辜负那位老师的知遇之恩，他努力学习、刻苦训练，多次在各项比赛中获奖。后来，他还去了外国比赛，还在国歌声中站在了领奖台上！

成功没有侥幸。你怎样书写人生的答卷，答卷就会怎样回报给你结果。

胡先生的音乐年轻态

〇肖文俊

长沙城大古道巷的胡先生是搞音乐的，过了今年国庆节就满40岁了，他认为自己还年轻着咧。

一天，一新来同事对他说："你看上去和我爷爷差不多。"

胡先生疑惑，问："你指哪方面?"

答："相貌。"

胡先生说："那你爷爷真显得年轻啊。"

新同事说："是的，看上去我爷爷比你年轻。"

胡先生说："真的吗?"

其实胡先生心里已经很不高兴了，但并没有表露出来。

"真的，我爷爷60岁了。"

胡先生简直要晕倒，要知道胡先生还不到40岁。

结果，那天下班后胡先生回到家，对着镜子左照右照。虽说他惊讶于眼角有了鱼尾纹，但怎么看也不至于有60岁的相貌啊。

那小子什么眼神!

胡先生终于知道自己在别人眼中已不再年轻，尽管他的心态还一直在20多岁。

胡先生感慨：人生从20岁到40岁，真的只是一晃眼。

胡先生有一个爱好，喜欢古琴。他原本喜欢二胡，但后来觉得古琴比二胡好听得多，就改喜欢古琴了。在30多岁的时候他得到了一把明代古琴，就像读书人爱书一样，他对古琴爱如珍宝，还给它取了个名字叫“忘忧”，希望通过弹琴忘记尘世扰攘的忧愁，所以胡先生一直陶醉在悠悠琴声中，自感心态年轻。

怎么就让小同事认为自己比他爷爷还显老呢？尽管那小同事才20出头，不知道“见人减寿，见物添钱”的处世道理，不会说好听的话，但总归是自己的相貌有些老态了。

胡先生郁闷啊。

郁闷归郁闷，胡先生也只郁闷了几天。胡先生在清水塘古玩市场淘到一本古琴曲谱，有150多首，胡先生高兴得不得了，脸上却不露声色，只是一味地嫌那琴谱这不好那不好，最终以胡先生很满意的价钱买下来。末了，胡先生还要说一句：“这玩意儿，脏兮兮的，擦屁股都不行哟。”卖琴谱的那老头儿望着胡先生直摇头。

胡先生随即沉浸在古琴打谱中去了。

何谓打谱？就是依照琴谱，将高音、技法、音色、力度的变化，在弹奏中诠释出来，最后定拍记谱。

胡先生说，世界上所有的记录方式都不能完整地记录音乐信息，所以需要弹奏者用自己的生命态度为琴音补上空白。

其实听琴，听了好听的，就是弹得好；听了不好听的，就是弹得不好。这个道理很简单的。要真正把琴谱所表达的音乐意境在弹奏中淋漓尽致表现出来，只在家里弹是弹不好的，那是闭门造车，必须走出去寻找灵感，激发音乐的灵性和人的悟性。

胡先生屁颠屁颠晃去了岳麓山山腰的古麓山寺，喝着铁观音茶，听寺院僧众们念经，念《金刚经》、《观无量寿经》，去感悟另一种清净世界。

胡先生感觉在岳麓山中的听音，让他浑身上下干净通透，焕发出松弛的音律，仿佛与天地万物共鸣起来。

看山峦吐雾，看烟笼雾锁，看鸟儿鸣叫着从古麓山寺的琉璃尖顶飞过，一切都是那么安详、和谐，胡先生细细领悟天地山河与音乐的共通共生。

然后，胡先生就对着天空“哦嗬嗬……嗬嗬嗬……”吐出自己发自内心深处的对音乐的呼唤。

回到家中，胡先生将在古麓山寺中的感悟，融入古琴的弹奏当中，那些古琴谱中音乐的空白让胡先生一点点在悠扬的琴声中诠释了出来。

胡先生笑得像个孩子一样，成了性情中人，一个气定神闲的人，一个蛮有趣的人，一个年轻得可以飞扬的人。

熬　鹰

〇吴万夫

大别山绵延数百里，到孙铺镇杏山时，一派莽莽苍苍。林深叶茂，遮天蔽日；鹞鹰盘桓，兔走狐奔。把古老神秘的杏山衬托得无限生机。仓爷是生活在杏山脚下的一个老猎户，也是方圆百里唯一的熬鹰能手。不知从什么时候起，仓爷的腿脚已不再灵便。提一杆猎枪，为追撵一只兔子或是狐狸，穿梭在丛林里疾走如飞，已是遥远的事情了，却成为他永久的回忆。

仓爷现在唯一能做的，就是守在家里熬鹰。熬鹰是一件颇为苦累的活计，几天几夜，人与鹰就那么对峙着，不吃不喝不眠，直至一方最终败下阵来，才宣告熬鹰的结束。一场活儿下来，开始还桀骜不驯、斗志昂扬的鹰，这会儿羽毛凌乱，蔫头耷脑；熬鹰的人，也眼布血丝，形容憔悴，走路不稳，几天都缓不过劲儿来。可以说，熬鹰，拼的是心劲，是一种精神的较量。

仓爷73岁这年，在杏山上又逮住了一只鹰。这只鹰，个头虽不大，但野性十足，自仓爷逮住它的一刻起，就没有消停过。在笼子里上蹿下跳，左冲右突，扑腾挣扎，试图逃离笼子的束缚。仓爷递给它水和羊肉，它睬都不睬，扇着翅膀，带起很大的风，甚至将仓爷手中的碟子打翻在地。几天过去了，这只鹰的野性丝毫无减，仓爷伸手探进笼子，想摸摸它的羽毛，猛不防被它铁钩一样尖利的喙，拉下一道深深的口子，顿时流血不止。仓爷在心里说，自己真正碰上了强劲的对手啦！

熬鹰是从这天夜晚开始的。仓爷用一条铁链子，将鹰拴在一根悬挂的横梁上，横梁摇摇晃晃，鹰就在上面不断地来回扑腾。仓爷说，横梁晃动，让鹰在上面不停地运动，可以锻炼掉身上多余的脂肪，更利于以后捕猎。

仓爷手持一根棍子，守候在鹰的面前。熬鹰的日子里，是不给鹰任何吃食的，包括一滴水的饮用。仓爷也是不吃不喝，一直陪着鹰熬下来。熬鹰，就是要磨掉鹰的野性，让野性十足的鹰，最终对人服服帖帖，随时听从人的召唤和役使。仓爷时刻观察鹰的一切。那鹰，精力充沛，斗志昂扬，没有丝毫就范的意思。它紧紧抓住来回晃悠的横梁，用铁钩一样尖利的喙，不断啄击腿上的铁链子，每啄击一下，喙与链子都会发出金属撞击般的声音，异常刺耳。鹰似乎意识到，它的自由，是与这根铁链子联系在一起的，只有啄断腿上的链子，才能重回蓝天，自由翱翔。鹰执著地啄击着，每啄击一下，都像啄击在仓爷的心上，让他担心鹰随时都会啄断链子，摆脱束缚，一冲九霄。仓爷还看到，由于不断啄击，力度太大，血已从鹰的嘴和鼻孔里流出，结成了黑色的痂。

后来，鹰在横梁上停止了无谓的挣扎，开始拿眼睛盯这屋里的一切，扫视了一圈，最终将眼睛停留在仓爷的脸上。如豆一样金黄色的鹰眼里，闪烁着深深的仇意，隐隐还有一丝迷茫。仓爷感到，鹰的眼睛在与他碰撞的瞬间，似乎要啄透他的五脏六腑，洞穿他的一切。熬鹰几十年了，仓爷从没有发现有哪只鹰用这样的眼神看人，仓爷的身子不由震颤了一下。

仓爷感到自己明显地胆怯了，做了亏心事似的，赶紧低下了头。仓爷想，是自己老了吗？不！即使是年龄的原因，自己也要坚持把这只鹰熬下来。仓爷自从逮住这只鹰后，就喜欢上了它，他决定熬完这只鹰后，就“金盆洗手”，给自己的熬鹰生涯圆满地画上句号。他不相信，自己熬了几十年的鹰，如今却要败在最后一只鹰面前！

仓爷很快调整了一下自己的心态，又勇敢地迎上鹰的目光，和它对视起来。仓爷和鹰，就这么一直久久地对视着。也不知过了多长时间，那鹰终于架不住仓爷的目光，困意袭来，几欲闭上眼睛。仓爷清楚，此刻到了熬鹰的关键时刻。那鹰每次耷拉下眼皮，仓爷都用手中的棍子拨弄它，让它始终无法闭上眼睛。仓爷这次看到鹰的身子开始战栗了，眼里流露出乞怜的神色。仓爷伸手抚摸鹰的头时，鹰不再挣扎，没有了先前的凶悍，一动不动，任凭仓爷的手顺着它的头滑下，一直抚摸到它的脊背。金色的眼睛里，透出温和柔顺的光。仓爷知道这是熬鹰成功了。在一阵欣喜中，连日来紧绷的神经，突然放松下来，让他有一种虚脱般的感觉。正待仓爷转身欲拿羊肉喂鹰时，扑通一声，重重地摔倒在地……

也许，73 是个坎儿，仓爷熬败了鹰，却最终没有熬过自己。那鹰，每天盘桓在仓爷的坟头，长唳着，不忍离去。没有人知道，一只被驯顺了的鹰，一旦离开了人，该怎样生活。

盲道

〇秦德龙

这个城市的交通处于混乱状态，每个月，都有数人死伤于车祸。是车轱辘转得快？还是人腿儿跑得慢？交管部门做了分析，主要是人的脑子差根弦，遵守交通规则意识淡薄，薄得如一张纸。

怎么办？那就大张旗鼓地宣传交通法规，喊大喇叭，挂大标语，升大气球，让“交法”进入千家万户。一手拿萝卜的同时，一手拿大棒，加大处罚力度，司机违章要罚款，行人违章也要说事。

可是，收效甚微。车辆仍是天马行空，行人仍是我行我素，交通事故仍是直线上升。于是，请来专家，让专家号脉，这个城市的交通痼疾，到底在哪里？专家组经过分析，有一个重大发现：这个城市死于交通事故的人员中，竟没有一个是盲人！

大家是知道的，这个城市有一些盲人，有盲人学校、盲人按摩所、盲人小工厂……可是，为什么没有一个盲人遭遇车祸呢？

这是个很值得玩味的现象。专家组和交管部门把这个话题扯到了电视台，搞了个谈话节目。电视台请来了几个盲人，还请来了一些市民，让市民直接参与讨论，并现场直播这场讨论。

主持人先让几个盲人表演了写字、绘画、唱歌、舞蹈等才艺节目。然后，请他们诉说黑暗中的苦难。几乎每个盲人都有感动心灵的故事。盲人们精湛的表演和动情的诉说，打动了现场的每一个人。人们欷歔有声，许多人都流下了泪水。

接下来，主持人请上来几个观众，让他们体验盲人世界的感觉。蒙上了眼睛后，这几个观众摸着黑做事，结果弄得一塌糊涂，出尽了洋相。

拿掉眼罩后，主持人问："蒙上眼睛后，有什么感觉?"

一个观众说："手忙脚乱。最大的感受，就是太恐惧了!"

另一个观众说："经过黑暗与光明的对比，我会更珍惜光明，更珍惜生命!"

第三个观众说："从今往后，我要以盲人的心态生活。具体说，一上街，我就要把自已当做盲人，像盲人那样，自觉遵守交通规则!"

…………

几个观众的发言，引人发笑，更引人深思。主持人邀请专家做了点评。

专家点评说："第三位观众的发言，我最欣赏。我想，电视台举办这台节目的意义，也正在于此。因此，我郑重提请每一位市民，向盲人学习，一上马路，就要进入'盲人状态'。只有如此，才能彻底杜绝交通事故!"

专家的点评，博得了热烈掌声。

市民们都看到了这个节目。节目播出的次日，大街上就出现了涌动的"盲人族"。当然，这些人，都是视力正常者。他们蒙着眼罩走路，是为了体验做盲人的感觉，也是在以实际行动争做遵守交通规则的模范。

消息传到一些司机的耳朵里，司机们都笑破了嘴。不过，司机们很快就笑不出来了，他们接到了上级的通知，要求司机练出"夜老虎"的本领，即便蒙上眼睛开车，也撞不死人。

司机们就找了没人的地方练车，蒙着眼睛，练习"夜老虎"的硬功夫。

消息传开了，市民们都傻了眼。司机练"夜老虎"？太可怕了！不过，神奇的效果还是出现了，市民们上街，再也不敢违反交通规则了。走过路口的时候，总要先看看红绿灯，绿灯亮了，才迈腿儿通过。

交通事故直线下降了，直接逼零了。

不过，交通事故还是发生了：有个练过“夜老虎”的司机，喝了点酒，变成了“醉老虎”，把一个走路的盲人撞飞了——这个盲人，曾到电视台做过节目。

里程碑

〇戴　希

高一三班新生入学不久，还未教学生们做化学试验，鲁老师就先拿他们做试验品，做了一个古怪的试验。

鲁老师把班上 54 名学生平均分成三组，每组 18 人。第一组安排数学老师匡满带队，学生何叶任组长；第二组指定语文老师席君秋带队，学生林立升任组长；第三组则由他自己带队，学生吕布布任组长。按照预先确定的路线，三组学生同时从古渡中学出发，徒步去三个不同的村庄。

第一组出发时，匡老师只叮嘱学生们跟他走，至于去哪儿、有多远都别问。当然，问了也无可奉告。他说到了就到了。

第二组动身前，席老师先告诉学生们，他们要去的地方是通什村，距离古渡中学 10 公里。

第三组要走的路程也是 10 公里，他们的目的地是哈尔盖村。一上路，鲁老师就向学生们讲明了情况。只是第三组所走的道路，每隔 1 公里，路旁都竖有一块醒目的里程碑；第二组则不然，路上一块里程碑也没有。

返回学校，进入教室，在座位上一一坐好，学生们都用怪怪的眼光打量鲁老师。鲁老师满脸微笑地站在讲台前，双手扶着讲台，神秘兮兮地询问各组的试验情况。

第一组组长何叶气喘吁吁地说：跟着匡老师，才走大概 2 公里，我们这组就有人叫苦叫累；走到近 5 公里，不少同学已疲惫不堪；再往前走，多数同学都牢骚满腹、神情沮丧；个别人怒气冲冲，有的干脆蹲在路边等候。当匡老师终于说目的地南曲村到了时，跟在他身后的学生只剩下6人！这时，匡老师连连摇头，他告诉我们，从南曲村到学校的距离是10公里！

那——为什么会这样？鲁老师关切地问。

因为目的地不明，又不知道有多远的路程，大家都感觉很茫然；一茫然，消极悲观的情绪随之上涌；消极悲观的情绪一上涌，要到达目的地自然就难。何叶深思熟虑后回答。

说得在理呀！鲁老师直点头。

那么第二组的情况呢？他把目光投向林立升。

我们这组吗？林立升眨了眨眼说，情况可比第一组要好。走了大致5公里，才有人叫苦叫累；走到7公里多时，不少同学才感到疲倦；再往前走，我们还能咬紧牙关，艰难迈步。等席老师指着目的地高喊，快到了，快到了！同学们才昂首挺胸、精神抖擞。好在我们这组没人当逃兵，全部到达了目的地！

为什么没人当逃兵？鲁老师有意追问。

因为目的地很明确，行程也十分清楚。总的说来，大家心里有底。林立升脱口而出。

既然如此，同学们为什么还会感觉劳累、疲惫？鲁老师再问。

因为只是走啊走，走了多远？还有多久？路上没有标志，心中没有底，就会不时有茫然之感！林立升摸摸后脑勺。

鲁老师首肯。

到第三组了。

吕布布满脸的阳光灿烂。很简单，我们这组沿途有说有笑，精神焕发。大家几乎是身轻如燕、健步似飞地赶到了目的地。

鲁老师眼睛一亮，为什么会这样好？

因为我们的目的地和总行程早已了然于胸。路上还不断地出现里程碑。每走一段路，看到一块里程碑，大家便知道离目的地又近了1公里，心里就又多了一份成就感，精神当然也为之一振！吕布布说得眉飞色舞。

鲁老师也听得频频颔首。这时，终于有学生憋不住，站起来高声而不解地问，鲁老师，你为什么要做这么个试验?

问得好！鲁老师扬扬手示意那个同学落座，又意味深长地看看全班学生，说，同学们，你们不是反复、多次地问我，这高中三年究竟怎么过吗？现在，我已把答案告诉了你们。仔细想想吧！

同学们茅塞顿开，恍然大悟，一个个高兴地笑了。从此，高一三班的学生比该校同年级其他班的学生都有锐气。三年后的高考，他们也比其他班考得更好。

很多年过去了，忆起那次特殊的试验，同学们仍然历历在目，心潮澎湃。他们知道，鲁老师总在路上；路上，总有耀眼的里程碑！

无中生有

〇吕啸天

北宋庆历二年，西夏国派呼延突率十万大军屯兵于延州关外的虎狼山下，不断骚扰边民，对中原虎视眈眈，构成极大的威胁。

仁宗皇帝拜狄青为将，率军前往边塞，解延州之危。狄青幼读兵书，且习武，善武能文，胆识过人。康定元年，狄青随陕西经略安抚副使范仲淹往耀州，途中，碰到两名满脸是血的边民。一问才知道，他们遭到了三个西夏士兵的袭击，被打破了头，并且刚收割的粮食也被抢去。狄青大怒，率一百骑兵前去追击。追了数十里路，终于追上。狄青扬起宝刀，杀死两人，将另一名西夏士兵活擒。

得手回营，突然发现有数千西夏骑兵向狄青迎面而来。西夏兵发现了狄青，但见狄青仅有百余骑，以为是诱敌的前锋，故不敢轻易出击。于是令军队摆开阵势，观察宋军的动静。

骤然见到大批敌兵，狄青的骑兵非常恐慌。狄青沉着地分析："我军仅有百余骑，离大营有数十里。若慌乱逃跑，西夏兵肯定会来追杀，那将会导致无人生还。当今之计，只能'无中生有'，若我军按兵不动，敌军定会疑我军有伏兵。"

狄青果断地下令骑兵前进二里余，然后下令："全部下马！"狄青还指挥士兵，摘下马鞍，悠闲地躺在地上休息，让战马在一旁吃草。

西夏部将甚奇，派一名军校出阵去查探虚实。狄青立即跃上战马，冲杀过去，一刀将军校斩于马下。得手，又回到原地，下马继续休息。

西夏部将见此情形，甚慌。见狄青胸有成竹，猜想附近肯定有伏兵。天黑时分，西夏兵见宋军依然在休息，担心遭到宋军大部队的突袭，于是慌忙撤走，狄青率百余骑安全返回大营。范仲淹称赞他巧用“无中生有”之计，向仁宗举荐：狄青是难得的将才！

狄青镇守延州后，一面加强军队训练，一面在延州周围构筑防御工事，下令全军将士只守城，不出击。士兵闻令，心中暗暗高兴。因为西夏自元昊称帝以来，宋朝调兵遣将进行讨伐，都因事起仓促，将不知兵，兵不知战，数战宋军都以败北收场。宋军已有厌战的情绪。

这一日，狄青在校场督训。士兵来报，有三位边民求见。狄青令人将边民带至校场。三位边民都已上了年纪，头发花白。一进校场，三人跪在狄青面前说：“狄将军，救救我们!”

狄青将三人扶起来，问：“何事如此?”

三位边民说：“昨天夜里，十余名西夏兵闯进我们的家里，将我们的麦子全部抢走。那是我们辛苦一年才收到的果实啊。眼下就要过冬了，没有粮食，我们怎么活啊?”

狄青令士兵扛来三袋粮食，对三位边民说：“本将令人把这几袋粮食送到三位家中，救急。”

三位老人却齐声说：“狄将军，你送我们粮食，我们也不敢要。”

狄青问：“为何?”

三位老人说：“你把粮食送到我们家中，西夏兵定会来抢。我们来营中不是求乞粮食，而是请将军发兵攻打西夏。只有赶走西夏军队，才能保全我们的家园啊!”

狄青长叹一声对三位老人说：“本将何尝不想消灭西夏军队？只是时机未成熟。不信，可以问问三军将士。”

言毕，狄青传令三军将士聚合，问：“我们现在出发与呼延突的军队决战，如何?”

三军将士，虽脸有怒色，但无一人应战。

三位老人痛哭而去：“军队无能，我们只能沦为难民。”

过了数月，又有十余位边民来报，家中粮食被抢，房屋遭毁，有五位边民在反抗中被打死。请求狄将军发兵攻击西夏军队。

狄青照例聚合三军，问：“是否出战?”

三军将士有过半人应声道：“我们不忍心看着百姓被杀害，家园被毁，我们愿意出战。”

狄青说：“西夏军队兵力胜我，而我军请战者尚少。此时出击，哪有胜算的把握?”下令仍不战。

又过了数月，军营来了十几名老妇人。她们号啕大哭着诉说，西夏士兵将她们如花似玉的女儿抢去了。女儿是她们的心头肉，没有女儿，她们生不如死。此刻她们的女儿在西夏营中遭受残暴的蹂躏，请将军出兵救出她们的女儿。

妇人话音刚落，三军将士一齐跪下，个个义愤填膺，说：“请将军下令，我军誓与西夏军队决战!”

狄青说：“西夏军队欺人太甚，杀我百姓，抢我粮食，毁我家园，欺我妇女，本将早有灭其之心，怎奈敌军兵众，轻易出击，反遭其毒手。现三军将士同心协力，誓死保卫家园。此时不出战，更待何时?传本将号令，定于今夜出击!”

当天夜里，狄青率三军突袭敌营。因连月来，宋军按兵不动，西夏军队以为宋军怯战而放松了警惕，被同仇敌忾、士气高涨的宋军杀得大败。两万余人被杀死，呼延突率残部逃回西夏，数年不敢再犯边境。

收兵。狄青论功行赏。狄青说： “那数十位前来求助的边民当记头功。”

众将士愕然。

狄青说："此役能击败西夏贼寇，全凭高涨的士气。为激励士气，本将想出了一个'无中生有'之计，即每隔一段时间令边民前来求助。其实那数十位边民家园完好，女儿亦未被劫，只因他们做得逼真而未露破绽而已。本将这般行事，也是迫不得已，请将士们能予体谅！"

三军将士都钦佩地说："将军用心良苦！"

谁能辅佐天子

〇马新亭

管相国再次从昏迷中醒来时，见齐桓公正守在自己的病榻前，挣扎着欲起身。齐桓公急忙双手按住，老泪纵横地说："寡人九合诸侯，一匡天下，众望所归，成就霸主，还不多亏了管相国的辅佐。我真担心你离开我啊。"

管相国呻吟几声说："我也舍不得离开主公啊，可是上天非要叫我去，我又奈之何呢？"

齐桓公擦擦泪水说："如果相国真要弃寡人而去，拜谁为相合适呢？"

管仲咳嗽着说："主公想拜谁为相呢？"

齐桓公说："德高望重的鲍叔牙是最合适的人选。"

管仲说："鲍叔牙心底无私，严以律己，一身正气，两袖清风，确实令人钦佩，但不适合当相国。"

齐桓公颇感惊讶地问："为什么呢？"

管仲说："水至清则无鱼，人至察则无徒。一个过于以身作则的人，要求别人也会是一尘不染完美无缺，别人一旦有所闪失，就会耿耿于怀小题大做，不能容忍，不肯宽恕。可是谁敢保证自己天长日久不犯错误呢？这样，谁还愿意干事呢？干事越多的人错误越多，谁还愿意多干事呢？谁还肯干事呢？人人都会不求有功但求无过，这对一个国家来说是不利的。"

齐桓公又问："周朋可以吗？"

管仲沉默半晌说：“周朋八面玲珑，无所不能，人人都说他好，也颇受主公的宠爱，但不可为相。”

齐桓公问：“为什么呢?”

管仲说：“周朋能说会道，世故圆滑，才博得上上下下的信任，但这种人没有原则性，不愿得罪人，惯用的伎俩是欺骗，也不干正儿八经的实事。”

齐桓公再问：“易牙为了让寡人尝尽人间百味，不惜杀掉唯一的儿子烹饪来给寡人吃，爱寡人胜过爱子，总可以为相吧。”

管仲说：“天下最深的感情莫过于父子情，易牙连自己的儿子都不疼，他还疼谁呢？即使疼也是具有功利性，同时可见他是多么自私，多么无情，怎么可以为相?”

齐桓公还问：“竖刁为了服侍寡人自施宫刑，重寡人胜过重自身，总可以为相吧。”

管仲说：“人最爱惜的莫过于自己的身体，为了服侍主公，把自己的身体弄残，是不是有点儿灭绝人性呢?”

齐桓公继续说：“开方为了我，几十年不回家探母，敬寡人胜过敬母，也不能为相吗?”

管仲说：“一个不孝敬父母的人，最终对谁都不会忠心耿耿。”

说到这里，管仲有点儿上气不接下气，轻轻闭上了眼睛。

齐桓公有点儿迫不及待地问：“到底谁可为相呢?”

管仲没有回答。

齐桓公焦急地等待着，管仲却再也没醒过来。

雕塑家

○江泽涵

女人一手拎一只老母鸡，男孩驮着一麻袋东西，怯怯地站在茅草屋外。

乐明，你是不是不乐意收他做徒弟？老乔一边用锉刀锉木块，一边说，你们是不是都不乐意？

师傅，他半点根基也没有啊！乐明说。

你们啊，在行内闯出了一点名头，就不知道自己是谁了。

不，不是。真的是他没半点做雕塑家的天赋啊，您看他塑了这么多都一个样。乐明解释。

得，我给你们讲个故事吧。老乔停下手，抹去汗水，说，你们知道李木吗？

是雕塑家李木吗？一院子徒弟交头接耳。雕塑名家李木他们当然知道，去世20多年了，比老乔还长着一辈呢，但论技艺和名望老乔已经超越他了。

老乔继续说下去——

50年前，有个小男孩去找李木学艺，他拿了自己刻得最好的一尊弥勒像给李木看。谁知李木很不屑地说，身体左右不匀称，每个部位都坑坑洼洼，笑弥勒成了哭弥勒。你啊，别做艺术家的梦了，老老实实回家种田或者念书去吧。

男孩哭着离开了。这时保姆正好进来，说有个邋里邋遢的老头子要见李木。

当时一个客人说，八成又是乞丐来讨钱，李老您还是打发他走吧。

别让人家以为我们恃才傲物。李木对保姆说，叫他进来吧。

那老头一身发白的蓝衣裤，足有30个洞眼，却不打一个补丁，头发胡子都打了结。老头自报姓名，他是个手艺人。那他来找李木干吗呢？

老头说，我不知还有多少日子，没啥别的牵挂，就是放不下这手雕塑本领。爱这一门还得担心这一门的未来，可一辈子始终找不到一个可以传授的徒弟。10天前，我看了你的作品展览会，觉得你还算行，只是各方面技巧运用还很不到位。不知道你愿不愿意跟我学？

跟你学？在座的客人都笑破了肚皮：堂堂雕塑名家要跟你个乡下手艺人学雕塑？

你愿意跟我学吗？老头充耳不闻，又问了李木一遍。

李木笑笑说，老人家，我们还有事呢，你还是回去吧。

老头微一叹息，转身走了。听见李木在屋里低声说，招摇撞骗的真是越来越多了，一个混饭吃的手艺人居然也想跻身艺术家行列。

老头摇摇头，加快步子出了院子。看见有个小男孩蹲在树下哭泣，老头问明原委，说，把你那弥勒佛给我看看。老头的眼睛像蜜炼的中药丸一样骨碌碌一转，问，你真的很喜欢雕塑？

嗯。小男孩一个劲点头，已经311个了。这是最新做的，也是最好的一个。

好，就你了，跟我走吧！

你们知道老头瞧上小男孩哪一点了吗？老乔问。

是执著和激情？一个徒弟突然喊出来。

不错，最好的见证就是雕弥勒时的刀功，沉稳有劲。单做到这一点就要无数的心血和坚韧的毅力，小男孩只是缺少技巧上的指点罢了。

后来呢？

30 年后，男孩被公认为行内第一人。当李木得知他就是曾经被他拒绝的那个男孩时，气得一病不起，没多久就去了。

哦，原来那个小男孩就是师傅您啊。那个老头真有本领？

反正李木见到他的作品时，又忌妒又佩服。没拜他为师，连肠子都悔青了。

可我们这位师祖在行内好像一点名气也没有。

老乔说，师傅生逢乱世，他的作品一直没机会上市。新中国成立后，也没人注意，不满意的作品都当柴烧，只留下最好的七件。

这么多年来，我们只潜心提高技艺，想着称霸业界，连师傅是跟哪位前辈学艺的都不曾问过。徒弟们一时间感慨万千。

老乔说，李先生的死印证了师傅去世前的一句话，李木不是位艺术家，而是位名家，名气家。须知名利俗，真技雅。雅沾了俗就不纯了。难怪师傅把那么多的荣誉证书和奖杯都打包塞床底下去了，而且一直婉拒媒体采访，拒绝出席艺术大会，是整个人都卖给雕塑了。

乐明再细看男孩一麻袋雕塑品时，赞许地说，别的不好，刀功一直在进步。

牛车上还有两麻袋呢。男孩说。

我曾经不也像他一样吗？乐明喃喃的。

老乔说，都明白了吧，天赋是在执著和激情中积淀起来的。

老乔对女人说，孩子放心交给我，两只母鸡带回去。又叫老伴拿了 500 块钱给了女人。

因为慈悲所以冷酷

〇叶倾城

去年暑假，有学生到公司实习，三五次叮嘱必须着装整齐，竟还有个男生穿了T恤短裤来。我一皱眉喝道："回去换了再来。"

男孩惊得退了两步，又迈前一步，嗫嚅道："前天把衣服都泡在洗衣粉里了，昨天忘洗了……"眼神委屈惊惶，如小老鼠，上灯台，哎哟哎哟下不来，上唇初生的微浓汗毛，分明还是个孩子。我不由得心软，挥挥手："明天不许了。"

我就这样认识了小鲸。

小鲸五官清秀，笑起来有小小的妩媚，叫他做事时，应得快，飞身前去，雪白衬衣下摆扬起如鸟翼。那是我们都曾有过的，白鸟青春。电脑也玩得极好，偶尔公司电脑出点小故障，他三把两把就摆平了。我一向都喜欢聪明孩子，故而对他，格外纵容。

那时业务正忙，所有实习生都被分派去做市场调查，再交回答卷。小鲸的那一份，我看出了破绽："你不忙走，我有话说。"

我正思量措词，他已急急认错："对不起，今天太热，我中午觉得头晕目眩，一定是中暑了，我就到一个朋友那里躺了一会儿……"

听得见窗外，热空气流动的嘶嘶声，如此酷暑，对这批未出茅庐的少年，我是不是太严厉了？而小鲸，有着一张令人不忍深责的脸。我说："以后有突发情况向我说明，不能再这样了。"

实习结束后，小鲸有时还会过来玩，用一下宽带，也顺便蹭一顿午饭，起身，一拍口袋惊呼："呀，我的钱丢在那件衣服里了。我要去电脑城买瑞星杀毒的。你借我一点好吗？"我笑骂："冒失鬼。"顺手给他300块钱。

不久之后，我家里电脑老出故障，我想到小鲸，打过去，手机号码是空号。我隐隐想起，向我借钱那次，是小鲸最后一次来公司。

不能，也不愿往坏处想。我找到小鲸的同学，请他们转告，但一直没收到回电。又要到他的新手机号码，用办公室电话打过去，响了一声就断了。我不甘不愿，如同无端遭弃的女子，又用公用电话打了，通了。我问："是小鲸吗？"转瞬挂断。

我内心里有一种难以形容的痛楚。300元，我损失得起，只是，我一向宠他若弟，怜他如子。

欠债不还的人，多的是。见过白胖得无耻的嘴脸："你还能杀了我？"我当下只微微笑，却不屈不挠缠斗到底，终于拿回全款。

我却不能如此对待小鲸，我相信他不是有意，只是年轻爱玩，老筹措不出来，便躲——其实我，根本没有追他还钱的意思。

却没想到，小鲸忽然来找我，双手递上信封："不好意思拖了这么久，前段时间复习太紧了。"秋冬日子，小鲸脸冻得红扑扑的，如饴糖。

我淡淡地，等他开口。原来他报考研究生，导师曾是我的老师，他来问我，能否帮他跟老师联系上。我一言不发，只把信封搁在桌上，忽然懂得何谓如释重负。我还记得，夏天的小鲸，从外面回来时，挥汗如雨的脸孔，如向日葵热烈健康。

到底还是年轻，小鲸脸红了。"对不起，我不是有意的，我谈了一个女朋友，老是没有钱，对不起……"哀恳的眼神，如偷吃了糖果的小孩，站在佯装生气的大人面前。

而大人们是不是这样教的呢：做错事不要紧，只要肯认错就行。

我说：“对不起，这件事我真的帮不上你。”转身走开。

我还是喜欢他的，所以，更加不能原谅。这原谅是放纵，会成为一个允诺，引诱他犯下另一次的错。那另一次，是否会更严重，更不可饶恕？

可以感觉到，背后他失落的眼神，我的拒绝是残酷的。或许，只有经过这般重创，小鲸才能慢慢学会，世间有一些基本规则，永远不能试图冒犯，如不可碰触火，或者电。

雪的冰冷，原是大地最温暖的覆盖。而我，因为慈悲，所以，不得不冷酷。

胸怀

○刘立勤

先生愉快地接受了美军司令部交给他的任务——在地图上标出日军占领区需要保护的古城、古镇以及重要的建筑文物。先生知道，盟军将要反攻日本了。先生期待得太久了，想象着盟军的飞机轰炸日本本土那激越的场面，先生长长地吁了一口气。他的心还是充满了快意，他甚至想起那一年在桂林的咒语。

那一年，先生和夫人在桂林躲避战火，可是日军的飞机仍然不给他们片刻安宁，一天几次地轰炸这个美丽的城市，轰炸这些善良的民众。一次，当先生看见日军的战机又抛下一串串的炸弹后，先生指着那些耀武扬威的敌机，气愤地说："多行不义必自毙！总有一天我会看见日本被炸沉！"

先生对日军不仅有国恨，也有家仇。

那一年，先生那毕业于西点军校的弟弟在十九路军服役，年纪轻轻就当上了炮兵上校，前途真的不可限量呀。可是，日军发起了淞沪战争，弟弟的一腔热血洒在了黄浦江边吴淞口。是年，弟弟还未满 25 岁。噩耗传来，先生泪雨滂沱，恨自己不能亲上沙场，为弟弟报仇雪恨。

后来，妻弟也穿上了军装，成为了一名飞行员。为了保卫苦难的国家，他在蓝天之上和鬼子斗智斗勇，歼敌无数，先生的心里充满了自豪。他希望弟弟驾驶着自己的飞机，赶走日军，甚至是炸沉日本。遗憾的是，

1942 年的某一天，刚刚出征归来的妻弟正在双流机场休息，日军的飞机又来了。弟弟迎着鬼子飞机疯狂的机枪扫射，冲向自己驾驶的战鹰，想驾驶自己的飞机赶走敌机。可是，还没有等弟弟登上飞机，又一梭子子弹飞过来，弟弟就把青春的鲜血洒在了自己的飞机上。那时，先生已经见过太多的残暴，心里充满了悲苦，眼里已没了泪水。夫人流着泪，写了一首怀念弟弟的长诗。

战争越来越艰苦，大半个中国已经沦陷，栖息着老百姓、记录着人类文明的城镇每天都面临日军飞机的轰炸，先生只好携夫人蛰居扬子江畔一个叫李村的乡下。先生的脊椎病日益严重，每天必须依靠铁马甲来支撑自己的身体来书写《中国建筑史》。夫人患了肺病，一日日地咳嗽，一日日地消瘦，一日日不停地给他查资料，民国第一美女憔悴得让人生出几多的爱怜。可是，他们谁也没有叫过一声苦，也没有说离开这里。当美国的朋友知道他们的境遇后，来到这里，让他们离开战火到美国去。

他们说："不，现在这个时刻，我们怎能离开灾难深重的祖国？"

朋友说："不能离开这里，日军来了怎么办呢？"

他们一笑，说："前面就是扬子江。"

说罢，两只瘦弱的手紧握在一起，平静地看着滚滚东流的扬子江。

十几年的抗战，先生没有离开过这片多难的土地。先生虽然不能驰骋疆场，可先生也一直不忘自己的责任。他们不仅研究中国的建筑，作为中国战区文物保护委员会副主任的先生，也力所能及地保护着他们能够保护的一切。

抗战快结束了，先生终于等到日本将被炸沉的那一刻。先生怀着自己的希望，在地图上勾画日军占领区需要保护的中国的古城、古镇和重要文物建筑。这时，他看见了日本的京都，还有奈良，先生竟然毫不犹豫地把京都和奈良"保护"了起来。不知道先生是否有过犹豫，是否想起日军飞机轰炸中国那些城市文物时那疯狂的举措。就连熟知他的美军司令部的官员也很疑惑。

他们就问："梁思成先生，为什么会是这样?"

先生很平静，说："从个人感情上，真的希望日本被炸沉。可是，京都和奈良不仅是日本的，也是世界的。"

后来，听说奈良有许多的军事设施必须清除时，先生看着夫人一笔笔地标出奈良的每一个必须保留的文物建筑。每画一笔都会想起一个死去的亲人，可是每一笔都是那么的认真而无误。

笑而不答

〇王　蒙

肚　脐

说是最近最时髦的服装之一种是女孩子们穿的“露脐装”，穿上一件紧身上装，与下装之间露出一带风光，风光的核心景点是肚脐眼儿。

老王在电视屏幕上也看到一些舞蹈表演，女艺术家的肚脐也是露出来的。

老王小时候只记得父母常常在洗澡的时候帮助他或者教导他注意洗净肚脐，从来没有想到过这里有什么好看。

真是赶上了做梦也梦不到的日子！

唉，我们这一代人是多么傻呀，连欣赏肚脐的美丽都不懂。

他入浴的时候看看自己的肚脐，实在没有觉得有什么好看，他的第一个反应仍然是要注意洗净。

大概美女的肚脐是美丽而且特别洁净的吧，而我辈一些糟老头子，不长肚脐也罢。

有一回，他又在看电视屏幕上的舞蹈表演，忽然发现，一位著名的女舞星，她虽然穿着露脐装，却硬是看不到肚脐。

老王大惊，是不是有的人不长肚脐呢？他产生了疑问。他请教了许多人。许多人认为他不应该问这样的问题，这有失他的身份。也有人告诉他肚脐是人们在母体里、在出生前摄取母体的营养的通道，因此不可能不长肚脐的，除非他或她没有被怀上。还有人说估计是那位有身份的舞星不愿让人看到自己的肚脐，也可能她的肚脐受过伤、做过手术之类，故而采取了一些举措，把它遮蔽上了。

但老王一想到一位他喜欢的舞星看不到肚脐，就不由得感到非常难过，至少是不安，乃至于羞愧难当。

可　疑

老王的一位亲戚经过长期的国外生活，叶落归根，回到故乡定居。他很喜欢说的一句话就是“可疑”。

一位老友患脑血栓，好不容易抢救过来了，没有留下太大的后遗症。此公听别人劝说买了一把木头刀，每天早晨起床练刀，说是这样可以劈开血栓。看到年近古稀的大个子练习儿童玩具式的木刀，亲戚说：“我觉得他的智力有些可疑。”

公园清早，一群妇女健身，一个又一个地弯腰从胯下作取物抛扔状，同时大喝一声：“咳!”……亲戚说她们的“智力可疑”。

街头绿地种植了一批灌木，所有的灌木又都修剪成大小圆球状，而盛开的花木分成一畦一畦，如同小白菜。亲戚说，这种设计者的智力太可疑了。

所有的学龄儿童都上学，所有的学生都在老师提问的时候作出齐唱式的统一回答，亲戚评论说，这种教学方法未免有些可疑。

所有的药店都卖补药，所有的男女老少都需要补钙补锌补金银铜铁锡……补维生素从A至E补脑补肾补精补血补免疫力，进补的人有一些个是罗锅腰罗圈腿斗鸡眼癞痢头疤瘌眼。亲戚说怎么这么多可疑的补药啊。

老王渐渐觉得亲戚是太可疑了，而且不仅仅是智力。

伞在雨中开

○闵凡利

他喜欢上她的时候已经有很多人都喜欢她了。他不是第一个，他之后喜欢她的人还在前仆后继。不论哪一个，都比他强。有的是经济上，有的是脸盘，还有的是个子。为此他很痛苦。

他脸上的痛苦是瞒不过母亲的。母亲是从他们这个年纪走过来的。母亲什么不知道？一看儿子那种从心里往外痛的样子，母亲就知道儿子心里藏事了，藏事是因为心里有人了，这个“人”在折磨着儿子。母亲把儿子叫到身边。

母亲问：有人揪你的心了？

儿子点了点头。

母亲问：是不是你觉得配不上她？

儿子又点了点头。

母亲明知故问：她是不是一个像仙女一样的女孩？

儿子又点了点头。

母亲很长时间不说话。时间过了很久，儿子都有些沉不住气了，才想开口，母亲说话了。母亲说：你是不是很喜欢她？

儿子把头点得很坚决。儿子怕母亲不理解，就强调：我很爱她，真的，妈！

母亲说：只要你很爱她，你就会赢的。母亲怕儿子不相信，就加重了语气说：真的！

儿子听后脸上绽出一丝笑容。可转眼间，阴云又爬上儿子的脸庞。儿子说：我想向她表示，可她身边的人太多，我总没机会。

母亲说：只要你真心喜欢她，机会就会有的，一定会有的！

那天早上晴空万里，可一入了午，天空阴云密布，暴雨倾盆而下。他早早地赶回家。母亲问：她走了吗？

他知道母亲所说的哪个“她”是谁，就说没有呢。接着他告诉母亲，她今早上班，什么雨具也没带。

母亲拿起门口的雨伞放到他手里说：去吧，把伞给她送去吧。没伞，这么大的雨，她不好回家啊！

他说好。接过雨伞冲进了雨里。

此时她正站在厂门口。当然她非常焦急。当他从雨里钻出来站到她跟前的时候，她愣了一下。他全身都湿透了，落汤鸡似的。他当时不知说什么好，只是把伞塞到她手里，说给，给你，伞！她看着他的眼，他的眼里很清澈，秋日的天空似的。她说：你不是下班了吗？

他低下了头，说：这么大的雨，我是专门来给你送伞的。我知道你什么雨具也没带。

那时她的心一热。看着眼前这个浑身滴水的他，心里开始翻滚，一翻滚，她的心里就有一股柔情水雾一样往外飘。她知道，她被感动了。说起来女人是不容易感动的。可女人一感动，她的情爱就像六月的梅雨，淅淅沥沥地下个不停。

她对他有好感了。后来接触多了，她发现自己已经喜欢上他了。水一样的，开始浅，浅着浅着就深了。一深了，她才知道，他虽然不善言辞，腰包不鼓，但他扎实、正直、有韧劲、有责任感，爱她爱得瓷实。有了这些，她还要求什么呢？女人找男人，不就是图这些吗？

当她决定要把自己交付给他的时候，他呆了。是幸福得呆了。当时他使劲拧了几拧自己的肉，才知道是真的。

那些比他强的小伙子都不理解。连他也不理解。可他的母亲理解。

母亲告诉他：你和那些人不一样。那些人喜欢一个人用的是甜嘴，可你用的是真心。

后来妻子告诉他，她之所以选择他，就是因为夏天的那一场雨。她说，她是故意站在厂门口的，那时候她身边的男人太多，他们都说爱她。她想看看谁会在雨中第一个给她送雨具。

妻子说：他们离厂都比你近，可他们都没有来。唯有你啊！

他知道妻子之所以选择他的原因了。他给母亲说了。他对母亲说：妈妈，谢谢你！

母亲说：孩子，不要谢。要谢的是你自己啊。是你自己的真诚让你得到了爱情。

他不解。

母亲告诉他：因为，有一种爱情是伞在雨中开。

人威

〇申　平

靠近草原的山区，突然闹起狼灾来。

据猜测，野狼成群结队地出现，与草原前些天的大火有关。无情的大火不但吞噬了草场的畜群，而且也将狼群赶得无处藏身，它们只好越过塞罕坝，窜入以农业为主的山区来活动。

开始，人们对山上不时传来的狼嗥声还感到很新鲜，有个记者甚至跑来采访，写了一篇《山区生态恢复 野狼重现山林》的文章发表在报纸上。

随后，新鲜感就变成了恐惧感。谁也没想到野狼的数目会有那样多。不止一个人亲眼看到，大白天的，野狼竟然排着队，一个咬着一个的尾巴，浩浩荡荡地从山梁上通过。

紧接着，就传来了家畜被吃、有人被伤的消息。狼的脚步似乎越来越近，每到夜晚，家家户户早早地圈好家畜，关严大门，然后便紧贴炕席躺着，静听远远近近那悠长凄厉的嗥叫声。

由于所有枪支上缴，村民无力组织反抗，狼在试探了一段时间以后，变得更加肆无忌惮。它们竟在黑夜连续进村，今天赶走了这家的猪，明天咬死了那家的羊，一时间，全村上下，谈狼色变。

村干部作出了两项决定：一、向上级报告，请求公安出面打狼；二、派老人和孩子去祭山，以争取时间。

祭山是一项古老而神秘的活动，就是由一个德高望重的老人带上孩子和贡品，到山上去烧香磕头，祈求山神保佑。贡品是由各家各户出的，有酒有肉有馒头，拜祭过后要统统扔在山上，以让山神饱餐一顿。

现在村上最合适的祭山人当然是老猎头。老猎头当然不姓猎，他曾是这一带有名的猎人。这些年他的营生却是放羊，他家中养着四五十只山羊和绵羊。

村主任来找老猎头的时候，他正在给自家的羊圈加荆棘，听村主任说明来意，他那张数不清多少道皱纹也说不清是什么颜色的脸显得异常冷漠，他说：祭山？祭个鸟吧！狼那东西我知道，它会听山神的话？笑话！

村主任说：那你说怎么办？

老猎头说：怎么办？打个狗日的呗！你有种，去把猎枪给我要回来。

村主任说：这个……我怎么能办得到呢？

老猎头便愤愤地说：那你还来找我干什么？让我去求狼啊，除非你们杀了我！

村主任碰了一鼻子灰，只好去找别人。他知道老猎头的心里窝着火呢。当年收缴猎枪的时候，老猎头曾经大闹一场，他是最后一个缴的枪。

村里祭过山神以后，狼灾丝毫未减。这天早晨，突然听见老猎头大喊大叫，人们跑去一看，原来是老猎头家的羊圈夜里进了狼，也许狼知道老猎头是它们的克星，竟把他家的羊咬死了一大片。

老猎头两眼通红，他挥舞着钢叉，冲着山上一阵咒骂。

谁知骂完之后，老猎头反倒平静下来了。他也不去管死了的羊，却找出一块三尺见方的木板，动手对木板又刨又凿，谁也不知他要干什么。后来那木板被他刨光，又在上面凿出两个孔，然后他扛起一柄钢叉，揣了一把利斧，背上一些干粮和水，就要进山去。

村主任在村口拦住了他：老猎叔，你不能进山啊！

老猎头眼中闪动着阴冷的光：你让开！我进山是找我的亲戚，老相好，你管得着吗？

老猎叔，现在的狼是保护动物，不让杀的。

谁说我要杀它了！我要让它们知道，人不是好惹的！再说，我犯法我去蹲监狱，和你无关！

老猎头说出的每一个字，都像扔出的一块石头。

老猎头进山三天，没有任何消息。村里人都说，他肯定被狼吃掉了。但是到了第四天，却见他风尘仆仆地回来了。他背着的一条口袋里鼓鼓地不知装了什么活物。等他打开，所有人都被吓得叫起来：天哪，那是几只狼崽子！

村主任急得说：老猎叔，你怎么……还怕狼不进村呀！

老猎头说：你甭害怕，今晚按我说的办！

当天下午，老猎头让人帮他在后山坡上挖了一个坑，晚上，他把狼崽子放进去，自己也跳了进去；然后把那块凿了孔的木板盖在上面。天一黑，他便在里面把狼崽子弄得直叫。

但听一阵阵狼嗥声近了，一只母狼迫不及待地冲过来，在那块木板上面嗅着，两爪扒着，一不小心，它的一条腿便伸进一个洞里。老猎头在里面一把抓住，并拿绳子捆住；母狼挣扎，另一条腿又伸进另外一个洞里。老猎头又抓住，将两条狼腿捆在一起，这时他推翻木板跳出来，抓着狼腿把木板背在背上，任母狼挣扎嚎叫。老猎头怀抱狼崽子，背着母狼，一阵风似的下山，把母狼和狼崽一齐放在村边的一个空场上。

这下更热闹了，又是母狼嚎，又是狼崽叫，但见群狼排成排，一齐赶来营救。陡然，在狼群的周围，几堆大火腾空而起，照得空地如同白昼。但见火光亮处，村民纷纷手持钢叉棍棒，敲着锣鼓，燃起鞭炮，齐声呐喊。群狼乱作一团，抛下母狼和狼崽拼命逃窜。

这时老猎头走上前去，咔咔两刀，砍断了绑着母狼的绳子，母狼翻身爬起，恐惧地看着人群，竟一口叼上一个狼崽，又用尾巴赶着其他几只狼患，在人们的呐喊声中和众目睽睽之下急急而去。这边，老猎头突发一声怒吼，嗨地将钢叉深深刺入一棵树中。

第二天，狼群奇迹般地撤离了山区。从此，这里再也没有出现过狼患。

麦秆菊的思念

〇袁　野

千禧年10月19日，我被童教授叫到办公室。时隔十年余，为何我会把这个日子记得如此清楚？

因为那次谈话，改变了我一生的命运。

童教授是物理系最负盛名的教授，他在国内热力学研究领域有着举足轻重的地位。

当时，童教授与我面对面坐着。他一言不发，只是眉头紧锁地看着我。我十分紧张，不知所措。

童教授拿起手边的茶杯，复又放下，终于缓缓开口："我的女儿童话，今年17岁，她是个聪明善良的女孩，但却被诊断为白血病晚期。"

听到这里，我双眼茫然地看着童教授。

童教授站起身，背对着我，面向窗外，继续说："童话现在已经很难吃下食物，对此，我和她母亲无能为力，问她想吃什么，她总是笑着摇头。后来，她告诉她妈妈，她想尝尝恋爱的滋味，她怕她以后永远尝不到了。"

对此，我沉默。面对童教授的女儿白血病的事实，我不知道自己能做些什么，因为我只是个穷学生啊。

过了半晌，童教授转过身，看着我说："我请求你帮我一个忙，让我的女儿恋爱。"

抛去童教授的身份地位，只是面对一位父亲的请求，我发现自己没有理由拒绝。当然，这并不是单纯的帮助，而是一场交易。

我需要休学，每天陪伴着童话，直到她去世为止。而之后，童教授会推荐并且资助我去国外留学。

我拿起茶杯，力求镇定：“为什么会选择我?”

“因为童话说过，你的眼睛很漂亮。”

我喝了口茶，茶水冰凉。

我回忆不起来自己什么时候见过童话，她又如何会觉得我的眼睛漂亮。但这些并不重要。交易开始后，我每天去医院陪伴童话。

没有一般恋爱的开场，也没有男孩对心仪女孩的追求。

童话是我的女朋友，她现在身体不好，需要住院治疗。我作为她的男朋友每天照顾她，顺理成章，天经地义。

有时童话会主动要求吃水果。我将苹果削好，切成小小的块，插上牙签。

童话会慢慢地吃掉，有的时候能吃完大半个苹果。

我会在午后给童话读书。童话很喜欢听我读书，她说我的嗓音像春雨的声音。

“这就像花儿一样。如果你爱上一朵生长在一颗星星上的花儿，那么夜间，你看着天空就感到甜蜜愉快，所有的星星上都好像开着花儿。”我缓缓读着《小王子》这本书，这个时候，童话会将手覆在我的手上。

我尽量将心思放在阅读上，不去看她手臂上青青紫紫的针眼。

“你知道，当你悲伤的时候，就会喜欢看落日了。”

读到这里，童话睡熟。

童话的病情继续加重，经常流鼻血。头痛和呕吐把这个虚弱的女孩折磨得像一个随时会破碎的水晶娃娃。

在童话生日那天，我跑遍全城，终于在一家小小的花店里，找到了我想要的花——麦秆菊。

麦秆菊花似金色的骄阳，光彩夺目，十分动人。我将大捧的麦秆菊送给童话，我希望能够换取她的一个笑容。

童话咧咧嘴，似乎是笑了，小声地说："为什么不是玫瑰呢?"

童话不再看我，只是轻轻地说："我想一个人看日落。"

我有些失望，转身离开了病房。

尽管此刻我很想陪伴她，但是我不能拒绝童话的任何要求，这是当初童教授与我的约定。我还想告诉童话，我自小长在岭南，那里有大片绚烂的麦秆菊。

有一天清晨，我接到童教授的电话，通知我不用再去照顾童话并表示感谢，童话将去美国接受治疗，而我们之间的约定不会改变。

放下电话，我立即赶去医院，透过门缝，我看见童话目光专注地望着床前的那束麦秆菊。想起那份约定，我停止了推门的动作，转身离开。

我的心底苦涩非常。

半年之后，我被童教授推荐到美国加州大学伯克利分校，那里的核物理专业享誉世界。十年过去，如今我已事业有成。

在秋末的寒夜，我偶尔会想起《小王子》中的一段话，"我那时什么都不懂。我应该根据她的行为，而不是根据她的言语来判断她。她香气四溢，让我的生活更加芬芳多彩，我当初真不该离开她的。"

与狼对视

○刘　卫

多年前的那个中午，我一个人跋涉在已经沙漠化了的鄂尔多斯高原上。太阳很大，空气的热流使人觉得远处的荒漠在微微晃动。我肩上背着一个硕大的羊皮口袋，举步维艰。虽然负重，口渴难耐，但心情很好，只要我将这一大包甘草根和淫羊藿背出沙海，就又是一笔不小的财富。

不时有热热的风拂过，让人更加难受。我擦一把额头的汗，抬头望向远方，视线尽头意外地出现了一个移动着的黑影。我没有太在意，在这荒无人烟之地，也许只是个和我一样挖掘草原野生药材的家伙吧。我继续向前艰难迈步。

当我再次抬头远望时，却一下子愣住了。那个黑影已经离我很近了。很明显，它不是人，它在用四条腿走路。羊皮口袋从我的肩上滑落到地上。我已经看清了，那是一只狼，一只踽踽独行的成年野狼。

狼离我越来越近。我站着一动不动，心里满是绝望和悲怆，我知道，在这荒原上，在一只剽悍强壮的狼面前，我无路可逃。但我不甘心，我拔出了腰间的一把蒙古刀，怒视着那只狼。

狼对我手上发着青蓝色锋光的蒙古刀视而不见，仍旧一步步逼向我。已经很近了，近到我能看清它那双紫褐色的眼睛里我和我的刀的影子。我不由地向后退了两步。

狼在我的羊皮口袋前站住了，它姿态从容地嗅一嗅，然后似乎勃然发怒，健壮的前爪猛地挥动几下，我的羊皮口袋就已经支离破碎，药材滚落一地。

我看得心惊胆战！

狼站在那里，紧紧地盯着我的眼睛，时间似乎凝固了，分分秒秒在我与狼的对视中艰难滑动。在它的目光中，我看到了一种愤怒。而且，竟然还看到了一种轻蔑。真的，真的是轻蔑。

我终于坚持不住了，崩溃了，握在手里的蒙古刀无力地掉到了地上。我认命了——然而狼并没有扑上来，它离开我继续它的行程，步态优雅，犹如草原的精灵，渐渐远去。

我瘫倒在地。浑身上下，水洗过一般。

后来。我空着手走出了鄂尔多斯高原。

后来，我再也没有做过盗采乱掘草原野生药材的事情。因为，我忘不了那头狼的轻蔑的目光，那目光分明是狼在表达对破坏草原植被造成水土恶化者的谴责和鄙视。我是人，我不能让狼看不起。

敌人

○谢志强

国王度过了大半生的戎马生涯，击败了外敌，平息了内乱，他一下子忍受不了平静的生活，甚至，觉得当国王无聊乏味，他习惯了战争，现在，他竟然失却了交战的敌手。

一天，他突发奇想，命令王宫侍卫队的一半前去他指定的地点：城郊的一片胡杨林。要求他们做好战斗准备。

随后，国王穿上战时的披挂，率领侍卫队的另一半，登上坐骑，大呼大叫地扑向城郊的一片胡杨林。

隐蔽在林中的侍卫眼见沙尘滚滚而来，惊慌地出来迎战，他们还是发现了首当其冲的国王。喊着：我们是国王的侍卫队，我们是侍卫队。

国王已杀气涌上脑门儿，哪还顾得那么许多——估计他已忘掉了他布置的假设敌手。国王挥舞着利剑，冲入“敌阵”，于是，数个侍卫的头、臂如同枝丫一样落地，其余的侍卫蹲地“投降”。

国王终于看清了他们的服装。可是，国王责骂道：你们这些胆小鬼，竟然毫无抵抗！我供养着你们这群懦夫！

不过，国王还是重温了他的凯旋，押解着受伤流血的侍卫，还将旗帜竖在树梢，称此为“林中大捷”。回到王宫已夜幕降临。城中市民以为国王又平息了一场战乱，纷纷庆贺。国王喝了过量的酒。

第二天，国王就颁发了奖状，他率领的这部分侍卫升级的升级、奖钱的奖钱。国王还号召市民以英雄为楷模，随时击败来犯之敌。

国王的情绪很是激动了数日，不久，又低沉下来。他不得不检阅他的军队。检阅毕，他留下了精锐的部队。他把他们分为两拨，一拨儿前头走，一拨儿后边跟，要求两拨儿队伍逐渐拉开距离。

国王在后一拨儿队伍旁侧，他突然举起剑，指着前边一拨儿的尾影，命令：消灭我们的敌人。

起初，士兵以为是演习，可是，国王的剑刃沾了鲜血，阳光下的鲜血耀眼，他们开始追杀起来。还是将军恳求国王：不要自相残杀。国王宣布：战争结束。

国王安抚了死亡的士兵，他在人们的表情里看到了恐惧。转而，国王命令在城内各处的空地建造胜利纪念碑，同时，他对士兵表示了难有的慷慨，分发了双倍的军饷。他不得不克制打仗的欲望，他视察了无数座胜利纪念碑，好像那是他经历过的战争的标志。他还不断地举行凯旋仪式，那阵式，仿佛刚刚取得了胜利，他只能享受战争的结果了。渐渐地，他厌烦了这些仪式——战争的乐趣在于战争的过程里，而不在最后的结果，他明白了。他情绪低沉起来。

快乐不快乐

〇刘殿学

夜间11点，我下了火车，被人潮一直推拥到出口处。本不想再从这里走出去，不想再回到这座城市。我看看出口外边接站的人，仰着一张张期待、激动、温暖的脸，不觉浑身一凉：唉！还有什么脸回去见公司的人？

这次去省里打官司，满有把握赢的。谁知对方那个口若悬河的律师，说我公司的这批货质量差，又过了交货日期，不但不给钱，法庭还判我方赔偿对方损失费15万元。眼下，公司连15元也拿不出来，年终的职工工资，就指望这次讨债来发。

我随着人流走出大门。从高处向下边一看，小城一片灯火辉煌。我心里又一阵难受，对不起公司里100多名工人，也对不起家人！我忽然觉得活着太难了，不如……我正犹豫，一辆人力车停在我的脚边。

“要车吗老板?”我对那个人力车夫看看，五十来岁，一脸汗，一脸笑。我也没答理他，就坐进车里。

“老板到哪儿?”

“到哪儿都行。”

那人力车夫放慢脚步：“这就没法蹬了。上哪儿都行，城市这么大，你去哪条街?”

“去哪条街都行。”

那人力车夫掉头看看我，问：“赔了？要不就是输了?”

我不想说话。过了一会儿，那人力车夫，嘴里吹起口哨。我能听懂，他吹的《大海航行靠舵手》。

“吹的啥？哪年的破歌！”我烦，使劲跺他的车。

“老板，轻一点！就这破车，一家三口，全指望它呢。”又说，“唉，那年代，我们天天唱这歌，总也忘不了嘛，吹吹又咋了？”说完又吹别的。

这人穷乐的什么呀？早上吃了愁中午还乐？我问他：“你咋这么乐？中彩了？几百万？”

他一边吹，一边蹬：“没有。我哪有钱买那玩意儿？”

“那你买新房了？”

他一笑：“你借我20万，行吗？”

“那你乐的什么呀？”

“唉！人家都说我穷乐。我真是穷乐。你说吧，这人哪，乐，也是活一辈子，愁，也是活一辈子。我一没存款，二没新房，一天蹬几个小钱，要养活老婆，要供儿子上大学。只要吃饱了有力气蹬车，就能把这些全开了，我就没有什么可愁的。老板，我看你，一准是为了钱犯愁，是不是？那就不值了。你看我，要是愁的话，一定比你还要愁，那样愁下去，我就没劲蹬车了。再说，愁有什么用？那不等于往自己靴子里灌水吗？想开些，人生就跟这蹬车一个道理，蹬过了这段上坡路，下坡就顺了，就不那么吃力了。”

我看他吃力地往坡上蹬，忽然觉得有一种罪过感，说：“停，我下车。”

“你到了？”

“到了，我早到了。”我说着，拿出一张50块钱给他。

他说：“大钱？没钱找。”

“不用找。剩下的钱，买你的快乐。”

下棋

〇张运国

刚从部队“军转地”的刘虎，分配到一个偏远山区派出所当副所长。这里民风朴实，山民遵纪守法，所以，他每天轻闲得很。过惯了紧张军旅生活的刘虎，感到极其寂寞而又无奈。于是，刘虎只好捡起了象棋，每天在楚河汉界间消磨时光。

刘虎下棋是很有功力的，当兵时曾在集团军比赛中得过奖。小小的派出所根本无人与之匹敌。为增加刺激，刘虎常用“车轮战”与别人对弈，摆上四五盘棋，同时与四五人下棋。即使这样，刘虎也常常大获全胜。所里人很羡慕，说：“这么好的棋艺，应该跟马局长来两盘，非杀他个人仰马翻不可。”

马局长是市局“一把手”，也是个瘾很大的“棋篓子”。每次来检查工作，总要抽空与别人杀上一盘。不过，马局长的棋艺却很一般，所里不少人都与他交过手，尽管马局长赢得多输得少，但大家心照不宣地这么下，无非让马局长高兴高兴而已。不知为什么，这里人如此恭敬温驯地对待马局长，马局长似乎不领情，连个笑脸都不愿给，来的次数越来越少，屈指算来马局长将近一年时间没有来过。不过，也难怪，今年市里接连出了几起大案，刑侦大队又未能及时破案，弄得连街上卖菜的老太婆都说公安局是“吃干饭的”。脸面丢尽的马局长，横下心要为刑侦大队“换血”，选个够格的人当刑侦大队队长。可选来选去没有中意的，一些打窟窿往里钻的家伙，连一点血性也没有，总是看别人眼色行事，根本不是当刑侦队长的料。刑侦大队是跟坏家伙真刀真枪干的地方，没血性怎么行？当然，刘虎对此一无所知，他连马局长的面都没见过。

这天中午，刘虎照例摆上象棋与人对弈。

“哟嗬，摆上啦！”房门忽然被推开，两个下棋人被吓个愣怔。对手抬起头，连忙起身赔着极不自然的笑脸，像个做错事的孩子，怯生生地嗫嚅：“马局长、马局长……”

马局长很大度地摆摆手，两眼盯着棋盘，说：“红棋厉害啊，马卧槽，当头炮——红棋是谁的？”

“刘所长的。”

刘虎站起身本想寒暄几句，马局长却果断地一把把棋局搅了，噼噼啪啪地摆上棋子，说：“来来，杀两盘！”

刘虎坐在棋盘前，拱卒、飞象、跳马、出车。马局长果然棋艺欠佳，没几个回合，“老将”便被将死。马局长瞪着大眼珠，连连啧嘴：“厉害厉害！再来！”

拱卒、飞象、跳马、出车，楚河汉界烽火再起，刘虎简直不费吹灰之力，很快又把马局长杀得一败涂地。马局长连输几盘，脸色变得难看起来。趁着小解的机会，所长暗示刘虎“手下留情”，让让局长。行伍出身的刘虎不以为然，下棋如同打仗，生死相搏，哪有让的道理？

马局长尽管连战连输，依旧不甘罢休，继续与刘虎拼杀，其虽败犹荣愈挫愈勇的精神与劲头令人感动。

从中午战到下午，从下午战到晚上十点多钟。一盘不赢的马局长极为疲惫而又无奈，最后推开棋盘，冷冷地走了。

刘虎心里“咯噔”一下，心想马局长到底俗人一个，看来我还真把他给得罪了。送马局长上车时，司机意味深长地盯了刘虎一眼，更让刘虎丈二和尚摸不着头脑。三个月之后，刘虎奉调刑侦大队当大队长了。

涉 世

○安石榴

大学实习阶段，我找了一个陌生而遥远的地方。姑姑把我叫到她家去。晚饭之后，客厅里只留下我们两个人。姑姑清了嗓子，竖起食指，对我说，我来给你上社会的第一课。

10年前，我在乡财政所。我们为一项工作去石砬子村，然后，去另一个叫做四里半的村子。

我说的“我们”是我和一个刚刚通过公务员考试取得这个职务的大学生，叫青青。

事情办得不顺利，村里很不配合。这种事情我司空见惯，用规章制度不是不能解决问题，但经验告诉我这样不能很好地可持续地解决问题。但是青青表现得相当激烈，这个初登社会舞台的姑娘热血贲张。最后我已经不能掌控局面，所以当机立断，决定暂时放置，之后研究协调。双方战局好歹才算进入僵持。

村干部热情——他们一贯这样，非要送我们。从这儿到四里半村要跨越小半个莲花湖，坐自行改装的柴油机动小船要走两个小时。书记、村主任、会计送我们到湖边。船是会计家的，此刻不在，说是正往这边赶。旁边是西瓜地。村主任摘下两个足有40斤重的西瓜，说，吃吧，老蔫儿家的西瓜是绿色的。会计就从他的万能兜子里取出折叠刀，一会儿工夫，三角形的西瓜牙就摆了一地。

他们四个人就大吃起来。青青很时尚，也很朴实，并没有嫌恶农村脏什么的，也坐在地上一边叫着甜一边大吃。还抽空鼓动我，王姐，你怎么不吃呢？我告诉她我不吃西瓜。

我告诉她我不吃西瓜的时候，地上已经全是西瓜皮了。他们可真够猛的，一个西瓜 20 斤，两个西瓜 40 斤，你说他们每个人吃了多少？书记还问青青，还吃吧？管够。青青拍着肚子说，不行了，已经满满一肚子了。那三个人就哈哈大笑了半天。这时候，船也来了。我们就一起上了船。

接下来就出现了状况。

西瓜这种水果非常地利尿，他们又吃了那么多。那三个人也不在乎，有内急时就大叫一声，背转身子往湖里尿。后来干脆也不用发出大叫的警示，背过身子就来。他们是男人，天生就有方便的条件。

青青起初还好，又说又笑还唱了几支歌配合畅游山水的心情。渐渐地，青青沉默起来，一直四处观赏美景的眼睛收了回来，而且黯淡无光。她坐在船舷上，合上眼睛，紧闭嘴唇，佝偻着身体，胳膊抱着双膝，一声不吭。

我担心起来，小声说，不行你就解吧，让他们背过身去，我挡着你。青青坚决地摇了摇头。事实上的确那很难，船非常小，人挨着人。我只好转而敦促会计把船开快点。我知道说也是白说，那种船我坐过多少次了。果然，他慢悠悠地说，也得能够啊，这是最大马力了。说完，那三个人又一次大笑起来。

两个小时之后，我们终于到了四里半村，但是，青青狼狈透顶，她的水磨石浅色牛仔裤湿了一大片。我叫四里半村的妇女主任取来裤子的时候，青青终于大声哭起来。换了裤子之后，她坚持回乡里，改乘另一艘船。船开动起来时，她看了我一眼，我看到一种幽怨和敌意。

说实话，我心里很不好受，所以没理睬那三个人就往村里走。远远地听见他们说，还大学生呢，这不傻吗？

我回到乡里之后，最先听到一个惊人的消息：青青辞职了。她再也没回来过，辞职手续都是她父亲代为办理的。

姑姑讲到这儿就沉默下来。我问姑姑，现在她怎么样了？

不知道。没有她的任何消息。

我又问，你当时知道这种结果，是吗？

姑姑带着明显的悔意说，我没有估计到会这么尴尬这么严重。

这可真是很好的一堂课。直到我坐在火车上奔赴我的舞台——每个人必须亮相的舞台时，我还这样想。

需要补充的是，我的姑姑的确不吃西瓜，家族的人都知道。

跳 楼

〇章彦文

他决定跳楼。

多天来，他找了原单位所有该找的领导，说破了嘴皮，但都没用。人家爱莫能助地说，你离开单位这么久，单位不可能让你上班了。

仅仅十多年时间，这个单位就似乎与他彻底隔膜了。单位里人事几经更迭，已经没有几个人他认识了，就像当年他离开时，这座小县城只有平房，但如今却是高楼林立一样。

当年，他一个沭河村的穷孩子考上大学，毕业后分配到这个被称为“清水衙门”的穷单位，虽说一年到头没有奖金，福利也少，有时发工资也艰难，但他一想起沭河村，也就满足了。然而，他娶的老婆是城里人，成天骂他没用，骂他不活络，不会捞外快，只能拿死工资，老说某某发了，某某提拔了。他父辈都是农民，没靠山，没背景……不久，老婆离他而去。终于，他头脑发热，一气之下，连停薪留职手续也没办，就离开了这座城市去南方打工。

十多年来，他四处漂泊，努力过，挣扎过，却始终没能发达，终于一文不名地回到了这座小城。虽说刚回来时，他就为小城的高楼林立莫名地激动，心想家乡这么繁荣，必定商机无限。可一下车，就有蹬三轮车的人蜂拥过来抢客，一问车价，跑遍全城才一块五毛钱。坐上车子，只见满大街都是浑身灰尘的拉车人，他的心便沉了。果然，到小城后的一个月里，他不停地寻找门路，想找个活儿做，都失望而归。

万般无奈，他硬着头皮找到了原单位。是啊，小城的企业都倒了，有关系的都打点进机关，早已造成机关人满为患，精简还精简不过来呢，哪会理他这个多年不上班的。再说，自己上面又没人……

那个疲惫不堪、身心俱累的夜晚，他思前想后，最终找不到出路在哪里。最后，他决定悄悄来到这个曾让沭河村人羡慕、曾给他体面的单位，决定从那高楼上一跃而下，结束自己的一生……

他无声地来到顶楼的一个窗口，然后站住，平静地望了一眼窗外。窗外，除了高楼还是高楼。他不解，当年那么穷的单位怎么也盖了高楼呢？听说，单位如今已经有一年多没全额发放过工资了，有时一半，有时干脆就不发工资……

他本能地对着窗玻璃整了整衣衫，照了照脸庞——他平生是爱整洁的。然后，他拉开了窗户。但他恼火地发现，在自己拉开窗户时，身上沾满了灰尘，脸也撞上了一串蜘蛛网。接着，他看到被拉开的窗户布满尘埃，再抬眼望去，邻近的窗户也都是灰蒙蒙的……

倏然，一个奇思妙想使他怔住了。他陷入了沉思。

他悄悄地离开了这座大楼，又爬上邻近单位的大楼……

不久，他在这座城市注册了一个高楼窗户清洁公司，开业后生意竟很红火……

母鹿情

〇盛如梅

月牙村传出一个惊人的消息：宝涛把猎枪砸了，发誓再不打猎。鄂伦春人以打猎为生，宝涛又是名好猎手，很受队长孟平古器重。平古听到这个消息摇摇头不相信："是他喝醉了酒，说胡话吧？"

平古匆匆赶来，看见宝涛坐在树墩上，正抱着一只小鹿，愁容满面。平古喝问：宝涛，你一个响当当的鄂伦春猎人，怎么成了个娘儿们？

宝涛站起来说：队长，你听我讲完今天的故事，再骂也不迟。我今天去很远的白银岭打猎，在一个小水塘边，看到一只怀着小鹿的母鹿。我好快活，心想，射中这头鹿可得鹿胎胶，赚一大笔钱，还加上一只小鹿。

我急忙扣动扳机，可是枪没响，母鹿机灵地逃跑了。我一看，原来是火药受潮，再装火药已来不及，我就用枪砸向母鹿。母鹿惨叫一声，伤了右腿，倒在地上。我扑过去想活捉它，它却顽强地拖着伤腿奔向桦树林。我紧紧追上，纵身一跃，扑上了母鹿背，母鹿惊叫一声拼足力气，向前一跃，我被重重地摔在地上，痛得差点晕过去。抬头一看，糟啦，母鹿竟带我一起跌进了捕熊的陷阱。

我瞪着母鹿，只见它跌得也很重，痛得瑟瑟发抖。陷阱里没有吃的，母鹿已经嚼光了铺在洞里的几蓬茅草，倒在角落里，哀哀呻吟。第二天黄昏，呦……响起了小鹿欢快的叫声，母鹿产崽了。是一头金黄色的公鹿，毛茸茸的脑袋直往母鹿怀里钻，叼住母鹿的奶头，拼命吸吮。母鹿躺在血污中，温柔地舔着小鹿的脊背，眼里含着哀愁。它没有奶水喂养小鹿，小鹿饿得嗷嗷叫。母鹿的奶头被咬破了，流着血，但它甘愿用鲜血喂养小鹿。

又过了一天，小鹿饿得不行了，有气无力地叫唤着，母鹿痛苦地望着小鹿。我心里也难过极了，闭起眼睛想：如果我不追打母鹿，它们母子这时会在树林里快快活活地奔跑。突然，母鹿咬我的衣服，还把小鹿推到我面前，又轻轻地衔起我的右手，放在小鹿身上。啊，它要把小鹿托付给我。可我饿了三天三夜，快要死了，不行啊！

我本能地缩回了手。母鹿却执拗地重新衔起我的右手，放在小鹿身上。我只好把小鹿抱起。母鹿眼睛里放出兴奋的光，咬住我的裤管，把我引到坑的东侧。它伸直脖颈，望着那根青藤，“扑通”一声跪下来，像一块垫脚石。这时我明白了，母鹿是要我带着小鹿逃出陷阱。

为了活下去，我狠狠心，抱着小鹿踩到母鹿背上，母鹿猛地站起来，我的一只手刚好抓到青藤，我使足力气，一点点往上爬。快要爬上坑沿时，我身子一歪，眼看着要掉落下去，母鹿趴在土壁上，紧紧用脑袋顶住我的脚。我终于爬出了陷阱。

我的眼泪忍不住滚出来了，大声对母鹿说：你等着，我马上叫人来救你！可惜，母鹿哀鸣一声，倒下不动了。它用最后一点力气救了小鹿和我。

宝涛的故事讲完了，周围一点声音也没有。平古站起来，眼里含着泪水，温和地说：宝涛，我去和大队长说，让你去学开拖拉机。他转身摸摸小鹿的头说：这头小鹿送到鹿场孟五爷那儿，他会照顾好它的。

后来，宝涛成了鄂伦春第一位技术娴熟的拖拉机手。

折

○乔　迁

在又一次提拔榜上无名后，老高陷入了人生的又一次悲哀之中。在机关里工作的老高，跟大多数在机关里工作的人一样不能脱俗，做梦都想登上领导岗位。毕竟，领导岗位还是有着太多诱惑的。

老高要喝酒，喝酒的目的自然是借酒消愁，诉诉内心的苦闷。老高就打电话找我，我是他最好的听众。俩人喝酒不宜吃炒菜，就去吃烧烤。

一口干掉一杯酒，老高撸嚼了一串肉悲愤地说道："为什么呀？我工作上哪点不如他们啊！"老高所说的"他们"一定是这次被提拔了的人。

老高工作能力很强，一向埋头苦干。老高的妻子因为老高经常加班不顾家庭而总是抱怨。

我劝慰老高说："提拔不提拔也不能光靠工作能力，跟领导搞好关系也很重要。"

老高一仰脖又干了一杯酒，眼睛红了说："这我能不知道吗？我在机关里混了这么多年，我能不知道跟领导关系密切的重要性？说实话，我是处处小心谨慎地维护着局长啊！生怕哪里稍不注意让局长不满意。别的不说，局长他爹死时我他妈哭得比局长还悲痛呢，不就是想让局长知道咱对他真心真意嘛！可怎么样，提拔时还是没有我。"

能力水平不差，与局长关系处得也行，可就是不得提拔，我还真想不出老高因为什么不得提拔的。望着老高醉红的脸、愤怒的神色，我知道不能再往下寻找不得提拔的原因了，再问下去只能加重老高的痛苦。我安慰老高说：“不提拔就不提拔，有什么呀，无官还一身轻呢，落个自在。”

老高抬起头来，血红着眼睛看着我说：“什么什么？无官一声轻？那纯粹是自欺欺人的说法，有官才一身轻呢！最苦最累的工作都是谁做的？都是像我这样的一般工作人员做的，我们局长科长哪个不是动动嘴皮子把工作安排给我们就完事了的。你说，是无官一身轻还是有官一身轻?!”

我忙说：“当官的是不用去做最基层的工作，可是他们要比一般工作人员费心费脑累得多呀!”

老高一掷酒杯说：“累个屁！我们这些一般工作人员比他们更费心费脑。你不在机关里是没感受啊，如果你也在机关跟我一样，你就会整天寻思着怎么上个台阶闹个一官半职的，你说累不累。”

我望着老高，突然感觉很累。

老高醉眼迷蒙地说：“我现在恨不得把我们局长杀了，谁让他不提拔我……”

我知道老高这是喝多了，老高一喝多就恨不提拔他的局长，恨得咬牙切齿如同有杀父之仇。我怕老高没完没了地再说出什么更离谱的话来，毕竟人多耳杂，老高的话传到他们局长耳朵里，老高这辈子怕真就没有提拔的希望了。我忙招呼老板结账。

烧烤店的老板是个面色温和的中年人，在我和老高喝酒老高愤愤言语时，站在不远处的他不时地看过来一眼，似乎每看过来一眼，还微笑一下。老板过来，看看我，又看看老高，然后对我们说道：“二位，麻烦您把吃肉串的竹签折一下，有劳了。”

什么，折竹签？我不解地望着面色平和微笑望着我们的老板，已醉得有些糊涂的老高，似乎也被老板这句让人感觉离奇的话叫醒了些，醉眼瞪着老板说：“干什么？我们是吃你肉串来了还是折竹签来了?”

老板依旧温和地笑着说：“这是小店不成文的规矩，您吃完肉串，折了竹签，也便折断了我把已用过的竹签再次穿上肉烧烤的念头。这样，可以保证后面来吃肉串的人用的还是新竹签，是卫生的。要知道，人在欲望面前是很脆弱的，每一根竹签对于开店的我来说都是钱，我下不去手折的，只好请求每位客人帮我折。谢谢了！”

老高眼睛突然亮亮的，脸上的酒意好像突然消失了，老高站起身来，冲老板深深地鞠了一躬后，拿起桌子上的竹签，用力地折了起来。

这辈子你去过哪儿

○许　仙

有个富二代，生来喜欢周游列国，到他50来岁时，已游遍了世界：即使像南极这种人迹罕至的地方，也留下了他的足印。现在，他已经没有地方可去了，这使他非常苦恼。因为旅行是他的人生梦想，在路上是他的座右铭。

这天，他无聊之极，没有驾驶越野车出去，而是从家门口跳上一辆公交车，一直乘到城郊的终点站，然后漫无目的地朝乡下走去：行走是他唯一的目的。直到午后，饥渴交加，他才找到一户农家，对满头白发的老妇说明来意。老妇请他进屋，给他倒了碗水，又连忙做饭。他环顾四壁道："大妈，家里有别人吗？"老妇说："他们都出去了。""那老伴呢？""十年前就过世了。""您一个人住不冷清吗？""不冷清，有老头子在。""他不是……""噢，他就在这儿……"老妇指指屋后的小山坡。

对他来说，从县城跑到这乡下，不过三四十里路，算个啥？他连南极都去过。想到以往种种天南地北的经历，他不禁问老妇："大妈，您这辈子去过哪些地方？"老妇摇摇头，她哪儿都不去，就待在村里，一辈子足不出方圆十里。现在轮到他替她可惜了，外面世界多大、多精彩，不出去看看太可惜了。但老妇不觉得可惜，她说她的大儿子和小儿子就在县城，老头子去了就后悔，出门朝东朝西都分不清，那种地方要天没天，要地没地，夜就更不像个夜了；外面千好万好，哪有家里好？家里有天有地有山有水有田有菜有鸡有鸭……还有老头子，日子就过得踏实。“话不能这么说。”他反驳道，并列举了自己去过的世界各地，老妇听到“罗马”二字，说她听说过这个地方，便问那里的天气怎么样？土地怎么样？他们都种些啥庄稼？他竟一问三不知。“那你去那儿做啥？”“随便走走看看。”“有啥用呢？”“没啥用。”“那没啥意思。老头子在时对儿子们说过，你们要是不晓得去做啥，那去再多的地方都是空的。”

他被老妇说得不好意思，搔搔头皮道：“大妈，您就没有一个想去的地方？”老妇想了想道：“有啊。”“哪儿？”他忙问。“天堂。老头子在那儿等我呢。”老妇又问他：“那你呢？”他苦笑道：“我啊，现在只想回家去。”他告别了老妇，朝县城而去；路上他不断地问自己：这三四十年来，我去过世界各地，是为了去过那些地方而去那些地方吗？那我的人生呢？

放自己一条生路

〇方　远

屠户家的房子昨天夜里被突如其来的一场大火烧毁了，连同他的妻儿。这晚，他碰巧不在家，猪肉还没卖完，他住在了县城的农贸市场里，幸免于难。

屠户的房子是全村里最好的，他杀猪杀了好多年，赚了不少银两，盖了宽敞明亮的房子，娶了娇柔可爱的妻子，生了聪明伶俐的儿子，可谓美满幸福。但是现在，乐极生悲，一切都化为灰烬了。

这是一起自然事故，电热毯短路起火，酿成了大祸。屠户的悲恸欲绝是可想而知的，他在废墟里哭天号地，声嘶力竭。

完了，完了。屠户反反复复地说着这么一句话。

没有人能把他从地上拉起来，直到他筋疲力尽，昏死过去。人们前呼后拥地将他送到了医院，这才发现，他手里竟然握着一把杀猪刀。有人曾试图夺下他手中的刀，却没能如愿。他握得死死的，刀就像长在他手上一样。

屠户终于苏醒过来，刀却握得更紧了。现在的他已经绝望至极，万念俱灰，在他从废墟里摸到这把沾满灰烬的杀猪刀的一刹那，他就决定，用这把杀过无数头猪的利刀，结束自己的生命。于是，屠户蓦地从病床上跳下来，高举着刀，疯也似的向家的方向跑去。

人们尾随而至，将他团团围住，一个童颜鹤发的老人紧紧地抓着他握刀的手腕。这是一个做过教师的普通老人，他的与众不同之处是在三十多年前遇到了像屠户一样的灾难——妻女被一起车祸夺去了生命。

来，小伙子，听我给你讲几句话，然后，你再实施你的决定。老人不动声色地说，三十多年前，我也像你一样失去了所有的亲人。我和你一样，想到了死，我就去商店里买了一瓶农药准备喝下去。在我手拿着药瓶回到家门口的时候，一头猪从我的身边蹿了过去。我从没见到跑得这么快的猪，它的身后跟着一个手举杀猪刀的强壮男人。你知道，我家的胡同是一条死胡同，猪跑到这里就意味着死到临头了。

屠户听到这里，怔怔地看着老人，眼睛里充满了迷惑。在他几年的屠宰生涯里，这种情景他也曾经多次遇到过。

老人继续说道，我发现已经走投无路的猪凄惨地叫着，它的眸子里流露出绝望与乞求。我想，它试图用这种目光打动这个举刀的男人，放它一条生路。小伙子，我问你，这个时候，你会放它一条生路吗？

屠户高举着的刀慢慢地放下了，轻轻地摇着头说，不会。

是的，你不会。老人在不经意间松开了紧抓着屠户的手，慢条斯理地说，当然，那个男人也不会，这取决于你们的职业。他一步步地向那头猪逼近，利刃在正午的太阳下光芒四射，猪的退路越来越小。为了确保万无一失，他向我招了招手，让我帮忙围堵过去。就是这样，他手举着刀，而我手举着药瓶，向这头猪靠近。小伙子，你说，结果会是怎样？

屠户和周围的所有人一样，仿佛听得入了迷，他不知道老人为什么在这种时候给他讲起这样的故事。

把猪杀了。有人说。

是啊，那个男人是想把猪杀了，还叫上我当他的帮凶。老人莫名其妙地笑了笑说，可是，猪却发现了一条生路，那就是手举药瓶的我。于是，它就低下头，嚎叫一声，不顾一切地向我猛冲过来，夺命而逃了。我应声倒地，药瓶也掉到地上摔碎了。望着那头狂奔的猪，我突然发现，在厄运降临的时候，我放弃了所有的希望，还不如一头猪！唉，想想真有意思，我之所以能活到现在，竟然是那头猪救了我。

屠户的眼里依然暗淡无光，哭着说，可是，我现在全完了。

什么全完了？你还不如一头猪！老人咆哮道。

对，你还不如一头猪！围观的人也高声叫道。

那我应该怎么办啊？屠户一下跪倒在老人的怀里，哽咽着说。

放自己一条生路！老人将屠户扶起来，神态坚定地说，不管在什么时候，遇到什么样的困难，只要你学会坚强，永不放弃，你就会发现一条生路，懂吗？

屠户缓缓地从老人怀里站起来，眼睛渐渐地明亮起来，手中的刀"咣"的一声掉到了地上。

位　置

○饶建中

某单位篮球队来校举行友谊赛，喜坏了学生们，却忙坏了工会干事小王。他把长椅短凳搬到操场上，排得整整齐齐的。

主席台上大家都坐定了，还空着一个位置，工会主席就拉小王坐下。小王从未坐过主席台，有点受宠若惊的样儿。

比赛开始了，场上哨声喝彩声不断。小王突然发现A校长出差回来了，正一边歪着头看球，一边朝他这儿走来。小王想，主席台上已没有空位了，理应我让座。小王即刻起身拉老校长入座。校长也不谦让，坐下后就看入了迷。

小王站着看球。

不一刻，有人找B副书记有事，书记起身跟那人走了，位置空着。工会主席拉小王坐。小王犹豫了一下，还是坐了。小王一边看球一边捶腰，他累了，但精神好像很好，因为场上出现救球成功的精彩场面。这时，突然听到背后有人喊他，他掉头一看，原来是B副书记回来了，而且脸色有些不好看。小王吓出一身冷汗，连忙让座。

小王仍站着看球。

上半场战成平局，下半场争夺更加紧张。大家只顾看球赛，没有议论什么。小王心里有些慌，两腿也有些麻木了。恰好，打铃的老凌来喊工会主席接电话。主席刚走，小王见缝插针地坐在主席位置上。不是说小王累了非要坐不可，主要是站在主席台上，被众多学生看着有些难为情。可是屁股还没坐热，主席便返回来了，拍了拍小王的肩膀，小王站起来让座，主席又拍了拍小王的肩膀，意思不明，也不知是谢谢他难为他还是其他什么的，反正小王只能站着。

小王又站着看球赛了，心里只觉得苦……

“王老师，您请坐吧!”

小王往后一看，是一位学生指着身边空着的一只小板凳，立时一股热流涌上心头。他悄声走过去坐下来，置身在天真、快乐、活泼的同学们中间，他觉得这才是自己的最好的位置。

复 活

〇靳天顺

在敦煌莫高窟的沙漠中旅行时，我无意中发现了一条通体血红的蜥蜴。其时，这个身长不足十厘米，当地人又称做四脚蛇的小生灵，正仰头张口趴伏在一丛荆科植物下，两只小眼睛炯炯地盯视着叶片上一颗欲滴未滴的露珠。

“好可怜啊!”我叹息一声，伸出长长的遮阳伞，想去敲落那颗露珠。

“不可以!”导游是一位维吾尔族姑娘，她轻声制止了我，“你好心帮它，会害了它。”

“怎么会呢?”我们一片迷惑。

“这颗露珠是夜间的湿雾形成的。大家看，方圆几平方公里内仅有这一棵植物，这棵植物上也仅有这四五片叶子，而且仅有这片叶子上有这么一颗露珠。如果敲落它，蜥蜴很难接在口中，这是其一。其二，蜥蜴一旦受到惊吓，定会仓皇逃命。这么大的沙漠，它又能去哪里找第二颗露珠呢?”

“那它就这么干等着?”我惊讶地问。

“是呀，就这么等着。”导游说，“等待着轻风吹落露珠。”

“那露珠就一定会滴落在它的口里吗?”

“应该会的。想必它的爸爸妈妈或它自己就经常在这个地方接饮露珠呢。”

“万一接不到呢?”

“起码有百分之五十的把握。即使接不住，明天还可以再接，只要有希望、有期待，生命就可以支撑下去!”

但事实却并非如此。三个小时后，我们从沙漠中原路返回。远远地，我们就看到了那个小生命依然纹丝不动地趴伏在那里，依然张口仰头盯视着那片叶子，但叶片上的露珠哪里去了呢？我们凑近一看，天！火辣辣的太阳早把露珠烤干了，即使是那片叶子，也萎缩、衰颓地失去了先前的生机呢!

失望、伤心笼罩在每个人的脸上。我掏出喝光了的矿泉水瓶，努力地向遮阳伞的伞尖上抖落了几滴水珠，然后轻轻地将伞伸向了蜥蜴。十厘米、三厘米、一厘米，可直到伞尖伸入口中，蜥蜴兀自一动不动。

“难道它死了?”导游说。

果真是死了。我轻轻地把它捏了起来，它依然仰头张口、举目向上。“我要把它留作标本。”我说着，含泪把它放进了矿泉水瓶中。

但是，半夜间一阵细小的声音把我惊醒了。循声望去，矿泉水瓶中的蜥蜴竟然活了，它四处爬动着，寻找外出的路径。看来，是瓶中湿润的空气和残留的水珠让它起死回生了。我默默盯视着它，心中激动、感叹不已，为它在人类眼中曾经的愚憨，为它面对渺茫的希望而曾经执迷，也为它不逃不避、勇敢面对的生存态度，更为它衰而不竭、顽强再生的能力。

翌日一早，我们要乘车离去了。我轻轻地把瓶子放在地上，任由蜥蜴爬出瓶子，欢快地爬向了沙漠，爬跑中，蜥蜴满身的血红渐渐褪去，很快与沙漠融成了一色。

日进斗金

○徐常愉

每天清晨他睁开眼的第一件事，就是为自己算一笔账，算一算自己头一天的收入情况。这是一项繁琐的劳动，只有在清晨这个头脑最清醒的时刻才能保质保量地完成。

下面选取他某一天的收入账目。

早晨老伴扔到餐桌上 5 块钱，上班去了。他拿着 5 块钱出去吃早餐，平时都去美食城，今天半路上遇见一个炸油条的，他花了 2 块钱就把早餐打发了。赚 3 块。

吃完早餐回来时，碰见曲五无精打采地从家里出来，搭讪几句，得知曲五昨晚打的 20 元彩票，一注也没中。他暗自庆幸。昨天晚上，他本来是和曲五一起去彩票站打彩票的，他刚选好 10 注号码，突然接到闺女的电话，要他去书店接外孙女。他急匆匆去了，没想到回来时，彩票已经停售了。本来他还有些遗憾，结果今天和曲五说的开奖号一对，他也一注没中。这样一来，他就省下了 20 块钱，应该算是意外收入。

到了家，他牵出小狗美美来遛，路过喜多多大酒店门前时，他多瞅了几眼门口的漂亮姑娘，没想到，美美在人家门口拉了一泡屎，被保安发现了，要罚款 50 块。他果断地掏出手帕把地上的狗屎裹住揣进了兜里，保安无话可说。省了 50 块，当然也算收入。

遛到休闲街时迎面遇见老宋也遛狗，两个人互相揶揄几句的空当，两只狗竟然干起了苟且之事。他最先发现的，但他没有阻止，相反还故意跟老宋多扯了几句，以便两个家伙把事情办完。他心里明白，老宋的狗可是纯种德国牧羊犬，真要是美美能怀孕，一只狗崽儿少说也能值500块。按以往美美的生产能力，一窝平均4只崽儿，2000块啊！不仅如此，美美还省去了人工授精的300块费用呢！他越想越高兴，一时激动，指着路边的茶棚冲老宋说道，我请你喝茶！

两个人正喝得惬意，他的电话响了，是同学老金打来的，说是老班长的老儿子升学庆典，今天中午在粒粒香大酒店招待。他顿了一下说，不好意思老金，我这里有客人走不开，你先替我垫上100块钱，改日我还你。老金说好好好，撂了电话。这里面又有账可算了，按照以往随礼的习惯，如果到场随礼是200块，叫人捎去100块钱抹抹脸就完了。今天因为请老宋喝茶，省了100块，除去20块茶钱，赚了80块。

中午饭，老婆打电话回来说在外面有人请吃了。他感觉胃有些不舒服，干脆中午饭省掉了。估算一下，赚了8块钱左右。

午睡从12点10分开始，到13点40分结束，按照习惯，一个半小时，他要吸三根烟，7块钱一盒的七匹狼，三根烟1块钱左右。洗了脸出去醒神时，在楼梯口碰见邻居赵天海的老婆，她手里拎了一方便袋青玉米棒子，见了他喊了声叔，还送给他两个青玉米棒子，叫他回家煮了吃。他推辞不掉，收了。晚上再熬两碗稀粥，他和老伴的晚饭就够了。两个玉米棒子，市场里少说也得卖4块钱。

晚饭后去广场扭秧歌，碰见一个义务按摩的师傅，他试着叫师傅按摩了半个小时，从躺椅上下来顿觉浑身轻松，舒服得很。这样的按摩到医院里一次至少50块。

从广场扭完秧歌回来，就睡觉了。收入停止。

本日收入总计：2516块钱。可谓日进斗金！

算完了账，他快乐的一天又开始了。

日子就这样被他快乐地过着。

然而，他的收入却一天比一天少了，因为他的病情在一天一天恶化。他逐渐行动不便，继而吃喝不下，后来疼痛难忍。这些都不可避免地影响了他的收入。

不过直到他生命的最后一天，他在清晨所算的账目依然清晰：三餐全免，赚 20 块，输液不进用药停止，赚 240 块。总计 260 块。

那年十七岁

○薛　英

17岁那年我放荡不羁，是学校里出了名的"小混混儿"。

一天黄昏，我们学校有个女生被邻校一男生给骗了，让我替她出气。年少轻狂的我想都没想就带着几个弟兄去了。

可是，出事了。我们把那个"伪君子"的腿打折了。校方怒了，我首当其冲成了主犯。学校特地为我开了一个"批评大会"。我站到了主席台前，脸不红心不跳面对着两千多位学友。

"罚款两千块，这就是他的下场。"教导主任在上面叽里呱啦，大声喊着，"同学们要以他为戒，不要跟他同流合污……"我还是满不在乎，在这有生以来最失意的一刻，我还微笑着！

学校让我休学一个月，想法弄那笔钱。坐在回家的车上，我的心静下来了。

我面对的是一个真实的自我，一个潦倒落魄的我。我将面对的，是我一贫如洗的家，爹佝偻着的背，娘皱巴巴的脸，二老满含希望的目光。我又想起了我的过去。我算什么东西啊！

回到家已经半夜了，我犹豫了好久终于敲响了那扇破旧的门。

"谁呀？"是爹沙哑的声音。

"爹，是我。"

我听见爹娘惊喜的声音："快起来，娃回来了。"紧接着是一阵细微的声音。爹连件衣服都没披就拉开了门闩，又搀着我娘把我拉到昏黄的油灯下。

“娃仔，在学校学习还好吧，看你娘多高兴哩！”爹旱烟锅里的火星一闪一闪，他看出了我强装的欢颜，“娃子，怎么啦?”

“没事没事。”我极力使自己更自然些，我不敢对爹说。

口里吃着娘炒的鸡蛋，我不时朝那边张望——旱烟锅里不冒火星了——爹睡了。我“扑通”一声在娘跟前跪下，泪直往外滴：“娘，儿对不起您二老啊！”我把事情全给娘说了。我没见过娘那么愤怒的脸，她第一次对我举了巴掌，但同时，两滴浑浊的老泪也落在了我的脸上。

第二天一早，我见爹肩搭帆布包要出门的样子，忙问爹干啥去，“到山上给人家炸石头去！”娘狠狠地回答道，眼里燃烧着愤怒的火焰，我知道娘恨死我了。

爹厚重的手搭在我肩上：“娃呀，咱家虽穷，可对于你的学业，我和你娘咋累都值呀！你想考中专，就直接跟爹说嘛，干吗还让你娘转告我。两千块，虽说多了些，可比起你的将来，哪个轻哪个重，爹还掂不清吗?只要你了解我和你娘的一片苦心，好好学就行！”

我突然明白了，只呆呆地立在那儿。爹的身影渐渐地消失在晨曦里。转过身正面对着娘，17岁自认为已长成男子汉的我扯着粗嗓子哭开了：“娘，你打我呀，我这么坏，你为啥还对我这么好哩？我不是人……”

“我不相信我就生了这么一个孬种！”娘狠狠地甩给我这么一句话。

到了月末，爹回来了，背更弯了，脚步更蹒跚了，看起来更老了，但他的眉宇间却流露出喜悦的光彩。“去年给你攒了几百块，再加上这一千元，够啦！”爹像一个大英雄，甩出了一大把钞票。

突然我发现爹的左手总躲躲闪闪的，立刻觉得异常，趁一个空隙，我抓起了爹的左手，啊，爹的食指没了！

“断一根手指算什么，将来你工作了，挣了工资，爹就幸福啦！我娃别伤心啦!”爹憨憨地笑着说。

我面无表情，任泪水肆意横流。我揣上两千块钱上路了，自诩顶天立地的男子汉，就这样抹一把鼻涕再抹一把眼泪，越走越远，消失在爹娘充满希望的目光里。

那年我 17 岁。今年我才 20 岁，却再也不是原来的我了。

谁该做慈善

〇艾　苓

谁该做慈善呢？当然是有钱人。是出了大名发了大财的那些名人，那些真正的有钱人。你这么认为吗？我原来也这么认为。

很长时间里，我的慈善之举都和单位有关。为辍学儿童捐款，为贫困生捐款，为贫困户捐款，为某个灾区捐款。所谓的“捐款”其实是被动交钱，最初单位直接从工资中扣除，后来专人收取，有规定数额。如果说，这也算是慈善，充其量是强迫性慈善，这里面缺少慈善应有的自觉自愿。

或许是我们在贫穷里停顿太久，现在也不那么富裕；或许是我们刚刚富裕，但需要花钱的地方太多，需要帮助的穷亲戚太多了。作为平民，我们似乎总是腾不出手来做慈善。四川地震，对绝大多数平民是个例外。我的学生患病，对我是个例外。

今年四月，我的学生林枫突然病了，尿毒症，双肾坏死，需要两天做一次透析，需要做换肾手术。他家庭贫困，情况危急，我便开始了自己的奔走。一位老朋友说：人家演员演出名后，都开始做慈善。你写东西写出名，也开始做慈善了。

我呵呵笑。我写东西还远没有出名，只是混了个署名而已。我的奔走属于老师和母亲的本能反应，我没有考虑这是不是慈善，却迫切希望我接触到的每一个人都慈善起来。

也许是我们的声音太微弱，也许是为四川灾区捐款后很多人已囊中羞涩，也许是社会上需要救助的人太多了，媒体虽然进行了全方位报道，社会捐助的进展却很慢很慢。等到后来林枫与叔叔配型成功，手术的日期指日可待，我跟老公说，我特别想站在珠穆朗玛峰上向全世界呼吁：帮帮我的学生吧，他太年轻了。

手术前，学校先后两次送去校内外捐款5.6万，林枫的家人把能卖的东西都卖了，又四处借贷勉强凑齐手术费用。好在林枫和叔叔的手术都很顺利，我的奔走也告一段落，静下心来我总在琢磨：谁该做慈善？

在我们的医疗保障体系还十分薄弱的今天，对大多数平民来说，大致是谁摊上事，谁最需要慈善；谁摊过事，谁最理解慈善。

林枫摊事了，对于他和他的家人来说，这不亚于一次8.0级大地震，他们最需要慈善。来自同学老师，来自家乡父老，来自陌生人的每一份捐款，对于他们都是星星点点的希望，是救命钱。

在林枫治疗期间，林枫的母亲曾为四川灾区献血，她说：别人在帮我的儿子，我也要帮帮别人。我的心脏不太好，可我的血还能用。林枫的姐姐因为家庭贫困与大学无缘，在为林枫奔波的路上，她结识了很多同样需要帮助的人。征得丈夫同意后，她决定在百年之后捐献自己的眼角膜，她说：我也想做点我能做的事。

最先为林枫捐款的银鑫珠宝行，规模不大，员工不多，老总和企业员工捐款3150元。因为热心慈善事业，这家企业在我们当地很有口碑，也是因为有口碑，我才找到他们。事隔很久，和企业老总聊天，我才知道他曾经是个穷光蛋，他说：我父亲当年有病，如果我能有3000块钱，他就不至于死。

我突然理解了他的所作所为。对于陷入绝境的人，慈善是漫漫长夜之后的第一缕晨曦，酣睡的人恐怕很难体会。

也是因为救助林枫，我重新认识了我的两个朋友，一位是大庆的徐海丹，一位是绥化的杨云香，我愿意向她们献上我深深的敬意。她们都是恪尽职守的公务员，很善良很有才华，这是我知道的。我不知道的是，多年来，她们都捐助着五个学生。我也是靠工资过活的人，感觉钱总不够花，我无法想像，像她们那样每个月拿出六七百元或者更多，我们一家老小的日子还怎么过。但是，她们的日子照旧过着，而且面带笑容。

海丹说自己以前脾气不大好，每每生气想撂挑子不干了，想想还有五个孩子等着她的钱，每个月都眼巴眼望的，她又鼓起勇气投入工作。好脾气的云香，干脆把一个贫困女孩当女儿养了，女孩现在读高中，上学的费用她都承担了，到了节假日，她还把孩子接到家里改善一下伙食。业余她做兼职，在一家企业讲课，每节课的收入是10元钱。知道林枫的事情后，云香送来500元捐款，我说不行，太多了，你捐这么多我心疼。她说：我还能拿得出来，你就收下吧。

两个人都不事张扬，在悄无声息地做事，我犹豫再三后提名道姓，一定有违她们的本意。我想说的是，在为林枫奔走的过程中，我曾经一次又一次失望，也曾经一次又一次受到教育。我原本以为自己还算好人，和她们相比，自惭形秽。我的学生摊事了，我才去临时抱佛脚，若说慈善，至多算小善。她们以一己之力帮助弱者，几年如一日，那是大善，是真正的慈善。

有句话好多年没人提了，我现在很怀念。这句话是："我为人人，人人为我。"不是所有的老话都会过时，几十年以后想到这句话，我仍然充满期待。在慈善的舞台上，有钱人确实应当领衔主演，但平民绝不应该只做台下观众。人生几十年，谁能保证自己不摊事呢？没有多，我们有少；没有钱，我们还有体力。只有当越来越多的平民参与慈善，一个"我为人人，人人为我"的理想社会才会到来！

菜心粥

〇蔡菜菜

从小，听老人说书，说到楚汉之争，项羽不肯过江的时候，其他小孩就笑项羽是个傻瓜。只有他站起来，大声说，项羽是英雄！骨子里就认为，做人做事就应该像项羽这样，做到极致。

长大了，轰轰烈烈地恋爱。追的必定是人群中最耀眼的一个。然而美人如玉，总是易碎，碎玉梗在心间，满满都是伤。于是黯然想，项羽有虞姬，而自己毕竟不是霸王，所以，还是找个宜室宜家的女人过点寻常日子罢。就这样娶了她。

她长着波澜不兴的脸，眉目淡淡，除了烧得一手好菜外，别无长处。面对她，总是意兴阑珊。不回家吃饭，她也不催。只是在他酒醉回家后总给他端一碗菜心粥。

白白的米煮得稠而不黏，碧绿的菜心切得圆润剔透，宛如白雪中的点点新绿。他原本不喜欢这样清淡的口味，但是在酒后的浓烈中，竟有“众里寻她千百度，蓦然回首，那人正在灯火阑珊处”的亲切。齿颊留香，一吃，就是五年。

五年，是一瞬也是一生。他的公司开始上市，事业开始轰轰烈烈。觥筹交错中忍不住流露曾经鲜衣怒马的狂放。然后想，不是不可以当项羽，而是，基业未成时又拿什么来吸引虞姬？想明这一点后，就再也不回家吃那碗粥了。

她常常守着那碗越来越冷的粥独坐，至深夜，明白他不会回来，起身把粥倒进锅里。

他夜夜笙歌，好不快活。那一夜，又醉了，胃痛，开始怀念那碗菜心粥。同居的美人会唱歌会喝酒会弹钢琴会跳国标，当然，也会订外卖。他的胃越来越痛。终于在吃药也抑制不住的时候，她洗了洗葱白的手，下了厨房。

端出来，果然，白是白，绿是绿。他满心欢喜地问："你不是不会煮饭吗?"美人笑着说："你老婆亲自打电话来教我的。说是你胃不好。"

他一愣，吃下去，嘴里却根本不是那个味道。怎么会不一样呢？看上去一样的材料啊。

他愈发怀念家里那碗香稠润滑的菜心粥。他想，倦鸟要回巢了。

回到家，她还是眉眼淡淡地端来一碗粥，他吃下去，熨帖无比，忍不住讪讪道："还是这粥香，别人怎么都煮不出这样的味道。"

她笑，跟他说："你跟我来。"到厨房，洗米洗菜煮给他看。他看到她在放了清水后放了一粒粒很小很小的东西，煮了很久香气扑鼻后，才开始下米。他问："这是什么?"她答："珧柱啊。加了珧柱慢慢熬，熬出香味再下米，我打电话告诉过她。"

他心里立刻漫过千山万水，伸出臂膀要拥抱她。她却推开他的怀抱，他诧异："我这不是已经回来了吗?"她说："对，你回来了，但是，我却想离开。"说着，用手拧灭了煤气灶，淡淡道："粥弃火而去时总以为火永远会在那里等它。可是等粥慢慢寒凉想再回到火上的时候，却不知火已经熄灭。"

青蛙·蛇

〇焦耐芳

那天和狗子来到池塘边，被眼前的一幕震惊了。这里正在发生一场混战，双方投入了数百的兵力。

忙和狗子退到一块地势较高的地方观看。

这是青蛙家族的一场大战。它们为什么有这么大的仇恨，竟然同族厮杀？双方还在源源不断地增派兵力。从此，我再也不敢用弹弓射杀青蛙了。

青蛙捉蚊虫有自已的高招，它张开大嘴藏在叶片下，以逸待劳。虫子从身旁飞过，就会被它吸到嘴里。每只青蛙一天可以吃掉上百只蚊虫。

青蛙在中国的文化里有着一席之地，人们常常把没有见识的人称为井底之蛙。毛泽东年轻时摘录过一首写青蛙的诗：

独卧池畔如虎踞，
树阴底下养精神。
春来我若不开口，
哪个虫儿敢作声。

青蛙为什么敢这样霸气，这跟它见世面小有关系，在井底、池塘边、小虫子面前它是老大，另一方面青蛙引领季节，随着一声蛙鸣，春天来了。

青蛙的嘴太大了，一张开嘴就没了头没了脖子。

相传，青蛙是造物主的宠物，樱桃小口，莺歌燕舞，可是它看到其他的动物都去了凡界，也心里痒痒的。

造物主说："这点儿小嘴，去了凡界如何生活？"

青蛙说："给我造一张大嘴吧。"

造物主顺手用刀子给它划了一下，不小心割到脖子那里了，青蛙疼得"哇！哇！"直叫。从此它的嘴就变大了，发音就改变了。

自然界中，青蛙是胆怯的，一有动静就赶忙跳到水中藏起来。

青蛙不但丰富了人类的文化，还给人类带来许多启示：诸如潜水服、蛙泳体育项目，都是受到了青蛙的启发。

小时候孩子们把蛇叫长虫。这家伙又狡猾又厉害，什么东西都敢吃，什么坏事都敢做。它能吞下比它的头大好几倍的东西，脖子鼓得极粗。

我们曾多次用计谋对付它。

家里有一只芦花鸡，连着几天，只红着脸"咯嗒、咯嗒"地满院子叫，就是不下蛋。母亲让我盯着点儿。

原来，有一只小青蛇在偷吃蛋。

蛇是不能随便打死的。老人们讲，蛇如果过了江就会成了龙，成了龙的蛇就腾云驾雾，飞到天上去，打雷打闪，那还了得！

我就动脑筋操练它，让它长点儿记性。

现在想起来，那次对它的操练是经典的。但再经典也赶不上神对它的惩罚。

在弥尔顿的《失乐园》里，撒旦潜入蛇的意识里。撒旦原来是天使长，因鼓动天使造反，被打入地狱。他哪肯认命，为了夺回失去的天堂，偷偷潜入伊甸园，诱惑人类的始祖吃了禁果。于是又一次被天神惩罚：它成了蛇，永远用肚皮走路，与人类世代为仇。

蛇被认为与魔鬼有亲缘关系，有叫它蛇姑的。《旧约》上说，蛇引诱夏娃去偷吃禁果，上帝诅咒蛇："你将肚子贴着地行走，终生吃土。"

在西方文化里，撒旦成为人类原罪之因，是邪恶、堕落的象征。在东方文化里，对撒旦的评价没那么极端。如：小蛇过江能成龙；白蛇精化作美女与秀才许仙恩恩爱爱，患难与共。

我对蛇的惩罚充满了喜剧色彩。

我把空蛋壳里塞满红红的辣椒，当小青蛇听到"咯嗒、咯嗒"声，再去偷蛋时，鸡蛋早就被我掉了包。它喜滋滋地把鸡蛋吞下去，没爬出多远，辣椒在肚子里燃起了火焰，它在地上扭动着身子。这个诡计多端的天使长，想不到东方的孩子也能对付西方的狡猾。

我仔细地观察过蛇，它爬动的形态是小波浪形的，常常是先把尾部固定住，头和颈部向前伸展，然后再将肚子挨着地，一伸一缩地前进。它的舌头有两个小叉，爬动时不断地伸缩，像是工兵的探雷器。

蛇喜欢天上的飞禽，特别是老鹰，每每看到老鹰在天空盘旋，它就会爬上枝头或石头，抬起头观看。也许，在它的潜意识里还在向往失去的天堂。

老鹰也喜欢吃蛇，它会猛然间俯冲下来把蛇抓起。但老鹰抓住了蛇是飞不高的，蛇缠住了它。老鹰想把蛇从空中扔下来，摔个半死后再吃，蛇却紧紧地缠住鹰不放。

尼采是这样描述它们的：高傲的老雕代表着理智与精神，狡猾的蛇代表着肉体与物质。蛇缠绕在飞翔的老雕的脖子上代表着对立统一。

其实，鹰也罢，蛇也罢，人也罢，各在各的位置上才是天地之律。

领　悟

〇潘　格

玉莲，玉莲!!

有一天，小米对门的邻居老王这么叫他爱人的时候，小米忽然听到了这个名字，她笑着告诉先生，你知道吗，对门的女人叫玉莲。

先生说，这有什么好笑的，很好听的名字啊。小米说，这下你知道那个女人为什么总是爱摆弄些劣等花花草草了吧？知道她为什么买那么干瘪的小葱，那么多黄叶子的青菜了吧？就因为她这名字。你想，一个名字都这么土气的女人，怎么可能懂得过别致的生活呢！

又有一天，小米把半罐奶粉装进垃圾袋准备丢掉，那个女人，就是玉莲，看到了，她很惊诧地问，这么好的东西怎么就丢了呢？小米说，放的时间长了，奶粉都结成块了。玉莲就一本正经地看着小米，你能不能把它送给我？小米说好啊，你要就拿着吧。

回家之后，小米把这事儿当笑话讲给先生听，小米说我怀疑她是不是要喝了那罐奶粉啊？先生说，你这样不好，万一人家喝出毛病来怎么办？就算不喝出毛病来，我们自己不要的东西送给别人也不好啊。

小米说你真唐僧，她那么大岁数人，能喝不能喝还不知道啊！

先生笑笑，什么也没有说。

小米也笑笑，心里对女人的轻蔑更多了些，小米打定主意以后不再跟她有任何来往。

半个月后的一天，先生出差，前脚刚走，小米肚子就开始痛起来。一阵一阵痛得翻江倒海，小米抓起电话费力地拨号，打了半天都没有人接。小米开始呕吐、抽搐，慢慢地失去知觉。小米知道不能待在屋子里，就开始向门外爬，爬到门口，听到一个女人的一声尖叫。

醒来时，小米躺在床上，很舒服地躺着，想来已经睡了很久了。白米粥的香味儿弥漫在房间里，小米睁开眼，见玉莲笑眯眯地坐在面前。

想吃东西吗？她问。

小米点点头。

她扶着小米坐起来，埋怨地说：你呀，怎么这么大的人一点儿都不会照顾自己？你要是觉得身上不舒服，到门口喊一嗓子，我不就出来了吗？你爬什么呀！咱们是邻居，谁不用着谁！

小米喝着粥，晒着早晨穿过玻璃窗的透明阳光，听玉莲那样唠里唠叨地说着，忽然感觉无比的幸福和温暖。好像若干年前的某个早晨，有过相似的情景，只是在那个画面里，坐在对面数落自己的是妈妈。

两个女人就这么一下子走近了。近到像两块磁铁，要么各自为营，要么就吸在一起恨不能成为一体。小米开始走进玉莲的生活。玉莲和她老头儿，他们之间都这么称呼的，他叫她玉莲，她叫他老头儿。而小米一直管她的他叫先生，跟他们一比，小米不禁觉得虚伪而且控制不住地为自己的矫情脸红起来。玉莲有两个孩子，一男一女，两个孩子都很争气，一个在大连，一个在北京。小米看过他们的照片，很漂亮的两个孩子。玉莲的老头儿很瘦，矮得恰到好处，怎么说呢，就是让人看着很亲近很家常的那种老年男人，总是笑嘻嘻的，像每天都捡了几块钱似的。玉莲则胖，小米到她家阳台上看风景，无意中发现她晒的裤子，裤腰居然比裤腿还长！她笑着告诉小米，说她最胖的时候有170，现在减肥减到了150。她还告诉小米，等你到了我这个年纪也会这样，女人不胖兜不住福气。

小米发现她在阳台上种了些庄稼，那罐小米丢掉的奶粉正被她发酵做肥料。小米说一直以为你种的是花草，原来是庄稼啊。玉莲说，闲着也是闲着，城市生活过得久了，不免要怀念农村。我和我老头儿年轻的时候都种过地，看到这些绿油油的庄稼，就好像我们年轻的时候又过了一遍似的。她说这话的时候，眼睛里闪射着一种说不清楚的东西。透过那层眼神，小米仿佛看到一望无际的绿油油的麦田里，燃烧着他们年轻时的激情和青春。

小米和玉莲的交往多起来后，小米慢慢发现，玉莲很迁就她老头儿。有时候，老头儿招了朋友来家里玩牌，玩到很晚，饭也不吃，输了钱还发脾气，她都是笑嘻嘻的，从来不发火；还有的时候老头儿冲她莫名其妙吼上两句，她也是笑嘻嘻地接受了。

小米的先生很是羡慕，说，你看你看，人家那也是老婆，你们呀，哼！他没说“你”，而说“你们”，小米知道这是给她留面子，可她还是不高兴，小米冲先生说你多挣钱啊，我不就对你好了吗？先生说你是嫁给我还是嫁给钱？小米说没钱你让我跟着你喝风？先生说你喝风了吗？你天天这口服液那营养液，搞得自己跟一款婆儿似的，假小资，假精致！小米说你浑蛋！就这么着，两个人吵了起来，这一吵好几天都不说话，出出进进都铁着脸，跟绝缘了似的。

小米的先生上班走了，玉莲推门进来。

你们吵架了？

小米点点头。

为什么？

小米把事情经过说了一遍，说着说着眼泪就下来了，小米恶狠狠地说我要和他离婚！玉莲拍拍小米的肩膀，叹气，我讲个故事给你听。有这么一个小姑娘，她半年前刚参加同学聚会，在那个聚会上，她发现，所有到场的同学都是满头白发，她照了照镜子，看看自己，原来也是满头白发。她这么屈指一算，30 年都过去了。小姑娘还能不变成老太婆？后来，这个老太婆又发现，所有到场的同学都比她的职位高，权力大，要么就是富得一塌糊涂。可是除了她，所有的人都有一个不幸的婚姻。老太婆对同学们说，我羡慕你们啊。同学们却说，我们羡慕你。后来，聚会散了，同学们一个一个坐着轿车走了，老太婆牵着老头儿的手一起走回了家。

那个老太婆就是你吗？小米问她。

玉莲笑着点头，对啊，就是我。小米，你现在不会懂得的，等你到了我这年纪，你就知道，人这一辈子，好多东西都是留不住的。你们总是说幸福幸福，可你们知道什么是幸福吗？

此后，小米和先生和好了。有天小米看到玉莲在楼道里剥玉米，小米说这么新鲜的玉米，哪里买的？玉莲骄傲地笑着说，你忘了，我种的！等我煮了送两个给你尝尝，它们还喝过你给的奶粉呢！

小米蹲下帮玉莲剥玉米，玉莲狡黠地眨眨眼睛，你们俩和好了？

小米羞涩地点点头。

玉莲笑了，这就对了嘛！我告诉你小米，打个比方，幸福这东西就像存折，有了健康的身体，存折上就有了“1”；生个听话的孩子，“1”后面就有了个“0”；找个放心的老公，后面就两个“0”，至于钱，那不过是第三个“0”罢了。

后来，小米学会跟玉莲种庄稼。小米也学会将过期的奶粉发酵。不知不觉，小米就变成了玉莲。再后来，变成玉莲的小米生了一个漂亮的孩子。

你们知道吗？当微风吹过，各种绿油油的庄稼在小米的阳台上秀发飞扬，小米就会和先生一起抱了孩子走到阳台，一家三口在那里静静地坐上一会儿。

暗恋青春

〇卫宣利

那时节，正青涩。因为喜欢写一些悲情文字，被老师选为校报的编辑。

学校广播站的站长是一位英俊挺拔的男生，洒脱的长发，忧郁的眼神，像极了当时正红的歌手齐秦。他的声音柔和而富有磁性，常常在播完了节目之后，选一些我登在校报上的文字来播，配的背景音乐舒缓而忧伤。播完之后他总是放一些齐秦的歌：《大约在冬季》、《狼》、《不让我的眼泪陪我过夜》……

每天下午音乐响起来的时候，我总喜欢坐在校园空旷的草地上，阳光暖暖的，如碎金般在身上流淌。我在夕阳中向着他的方向眯起眼睛，长发在风中轻舞，幸福仿佛正扑面而来。

我不知道自己是因为喜欢他而迷恋上了齐秦，还是因为迷恋齐秦而喜欢上了他。曾经一个月不吃早饭，用省下的钱买了双卡的录音机；曾经冒着雨跑遍了整个县城，买了齐秦的全部磁带；曾经在日记本上一遍遍地抄那些早已背得烂熟的歌词；曾经在某个午夜突然醒来时泪流满面……

是的，我只是个羞涩落寞的女生，而他，是学校的公众人物。学校的各种活动都少不了他，他出现的地方，总是应者如潮。同宿舍的女生，一提到他，个个眉飞色舞。我从不和任何人提起他，但是我知道他粗心，爱睡懒觉，喜欢打篮球，喜欢吃红烧排骨，下雨的时候不喜欢打伞，还有些放荡不羁。

我不知道他是否留意过我，但是至少他留意过我的文字。那段时间我疯狂地写了很多文章，学校的广播里，他的声音和我的文章常常完美地组合在一起。而实际上，我却一直是这样远远地看着他，直到毕业。

再见他已经是多年之后，在同学的聚会上。他依然儒雅俊朗，风度翩翩。而我，却不再是从前那个羞涩的女生了。我依旧远远地望着他，看他在人群中应付自如。那天大家都喝了不少酒，气氛渐渐热烈起来，就有男同学起哄，让他交代当年有多少女生追求过他。当下就有几位女生红了脸。他却淡淡一笑说："其实我当年也暗恋一个人哪!"

全场哗然，都没想到他居然也会暗恋。他说："那时候我每天下午都会在广播里读一位女孩儿的文章，她的文字细腻优雅，感觉挺好。有一次我去买磁带，正好她也在，我看她挑了一大堆齐秦的带子，我记得很清楚，她选的一个磁带封面有幅经典的画面：齐秦穿着皮夹克横坐铁轨上，眼睛在长发下狼一样冷冷地注视着你。从那以后我开始喜欢齐秦，喜欢在节目播完后放齐秦的歌。其实，我是在放给她听的……"

十几年的记忆一下子鲜活起来，那是青春，有阳光，有篮球场，有绿草坪，有广播，有齐秦的歌。他接着说道："她是个很骄傲的女孩子，从不和我说话。而那时的我，也太骄傲了。"

他的目光亮亮地穿越人群射向我，顿了一下，他说："我为大家唱首歌吧!"

是齐秦的《大约在冬季》。

鸡架汤

○钟明君

那是1996年的夏天。

他骑着自行车，满头是汗地跑遍了半个城市的菜市场，寻找一只鸡的骨架。5块6毛钱在口袋里沉重又轻飘，要度过这个月剩下的一个星期，还要把同学今天中午的饭管上。

他从大学时代起就穷。从中学时代起就穷。从出生就穷。

他出生在一个全家财产总值不超过100元人民币的山村家庭，能够长大并且读书，而且考进全国一流的大学，最后分配在一个中等城市里，在一个国营大企业里有稳定的工作，他已经十分满足。即使一个刚毕业的大学生拿的实习工资也不足以买一瓶好酒，他还是快乐而心静如水。

这个月，大学刚刚放了暑假，要好的老师同学陆续外出旅行，路过他所在的城市。

三四番招待下来，他开始招架不住。

第一顿，请老师吃饭，花了9块7毛钱，8块钱买了一只鸡，1块5毛钱买了瓶粮食酒，好在他从小日子过得精细，鸡脯炒肉，鸡架煨汤，老师也吃得开开心心，两人一只鸡，喝到醺然下泪。

然后是同学接踵而来。接待同学的规格要比老师低一些，他自有打算。

买鸡的时候他就注意到，鸡摊儿旁边卖的鸡杂碎中有鸡骨架，鸡肉鸡腿都被片光了，只得1头2爪2翅，卖1块钱1斤。差不多1块钱就可以买1只鸡骨架。买回去熬汤，味道一样香浓，再下一把刀切面，撒上些许香菜，同学吃得一样开心。

现在他骑着车，晃过了第3家菜市场都没找到他要买的鸡架。他慌得不行了。5块6毛钱，数了又数，不会再多出一分，而他必须在1块5毛钱的预算里，把中午这顿饭招待过去。然后剩下的4块钱，在单位的食堂里，把月底的7天撑过去。

这家菜场的角落里，竟然躺着两只鸡架。摊主懒洋洋的，已经在收摊儿了，他喜出望外地停下自行车："卖我一个鸡架子!"

摊主正给他称，后面一辆摩托车停住，摩托车上的人喊："鸡架我都买了!"

摊主说："就两个了，有人要了1个了。"

摩托车手喊："你卖多少钱一个?"

"1块。"

"1块5我全包了!"

他急了，刚要出口争辩，那人接着的一句话，把他所有的话都噎在了化为一片混沌的脑海里："拜托你了，就让给我吧，我们家的猫都饿了一天没吃东西了!"

他记不清自己是怎么走出菜市场的。满天的骄阳熔化了似的，岩浆一般倾泻在他的头上，眼前血红又漆黑。

不知道为什么，他想起了在学校时老师关于期货价值的论述：

1公斤大豆的价值，在菜市场上也许是1块钱，榨成油也许是两块钱，做成豆奶也许是10块钱，但是……如果是期货……就可以是X。区别就在于，这1公斤豆子被放在什么地方出售。

站在蒸腾的暑气里，他决定辞职。

无论如何，他不想在一个铁板似的国营企业的财会岗位上，被榨成一团豆渣。

他选择了做期货。

年轻和专业，冒险和判断力结合在一起之后，8 年时间，他从 5 块 6 毛钱的困窘走上了 5000 万元资产的台阶。

还是时常有同学会来拜访他。

在这个城市里最高档的酒店里，他总是会在宴会的最后，上一道鸡架汤。

采玉人的规矩

〇夜　妖

从我居住的城市一直向南，进入天山深处，有个叫“月光台”的村子。

月光台只有100多户人家，有蒙古族、哈萨克族、维吾尔族、回族和汉族，五个民族的村民世代居住在这个深山小村里，守着他们的牛羊马和骆驼，春夏放牧；冬天大雪封山，哪也去不了，就一边喝酒一边等候春天。

月光台村的河里、山里盛产一种叫“玛纳斯碧玉”的玉石，不喝酒的时候，村民们就进山采玉，来年春天卖给玉石商。

我第一次到月光台村，是和另外4名玉石收购商一起，去找哈萨克族村民居马别克，他是月光台村资深的采玉人。

居马别克说他在山里发现一块几百公斤重的玉石，玉石商都很兴奋，嚷着要看看，居马别克一口答应了。

骑马过河，弃马翻山，4个小时后，我们终于见到了玉石，果然好成色，市场价至少30万。

居马别克开价7万，并不算高，可我们五个谁也没带那么多钱。居马别克出了个主意：我们一起凑出7万块，把玉石买下来，卖出的钱五人再平分。没人同意。玉石再值钱，几人一分，落到手里的也不多。谁都想独自收购这块玉石。

这么好的玉石没买成，我们都感到可惜，但居马别克很高兴，他说："我知道了这是一块好玉石呀。"

他从马背上取下一罐红油漆，在玉石上把自己的名字用蒙语、哈语、维语和汉语各写了一遍。

"这有什么用?"我们好奇不已。

"告诉村里人，这块玉石是我发现的，是我的，别人不能动。"居马别克把名字又描了一遍，然后说："等到冬天河面结冰了，我就能把玉石拉出去了。"

我们一愣，大笑起来。现在是 7 月份，等到冬天河面结冰，至少还有 3 个月，3 个月里，会有很多牧民上山下山路过这里，难道会对玉石视而不见吗？这个居马别克疯了吗？

"这是我们月光台的规矩，遇到写了名字的东西，谁都不许打歪主意，否则就是偷。"居马别克告诉我们。

这算是什么规矩呀？别人占为已有的方法有很多。我们七嘴八舌地议论起来，可怜的居马别克呀，这块玉石最终会被偷走！

"偷东西怎么会没人知道？天知道呢！地知道呢！山知道呢！月光台知道呢！"居马别克很吃惊，然后同情起我们，"你们没这样的规矩呀？那真可怜！"

采玉很艰辛，为了让大家都赚钱，月光台的村民们约定：结伴采玉的，无论谁发现了玉石，卖的钱大家要平分；单独采玉的，玉石一时拿不走的，写上自己的名字，后来的人不能拿走；需要找村民帮忙运玉石的，发现人只能得到卖价的六成钱，另外的要分给帮忙运玉石的人……太不可思议了！我们五人又被这些规矩逗乐了。

12 月份，看到天山披了积雪，我赶紧给居马别克打电话说："7 万块钱准备好了，那块石头谁也别卖呀，我要买……"

"晚了。我上个月找人把石头运出来，拉到乌鲁木齐卖掉了，每人分到两万块钱。”

居马别克还用生硬的汉语说：“你们5个人都给我打电话了，可都晚了。”

“按月光台的规矩，我们每人得到两万块钱。你们没规矩，啥也没得到……”居马别克替我们惋惜不已。

很多时候，我们害怕利益受损，顾虑重重，结果什么也得不到。而看似不可思议的简单规矩，却能保障权益。只是我们都以为那太荒唐，而自作聪明弃而不用。

大拇指手语

〇殷　离

我每次去巡视我的那个小店，桌上都会有好几份店员给我买的报纸。我对他们说过，什么报纸无所谓，关键是一定要是那个人卖的报纸。那个人很特别，见过一次就不会忘记。他有三十多岁，但只会说最简单的几个字，说得最好最清楚的就是：报纸，报纸……他是一个弱智的人，还有点儿轻微的腿疾。

我不喜欢别人叫他“傻子”，我觉得弱智只是智慧有限而已，不能等同傻子。而且他能如此以卖报的方式自食其力，也应获得尊重。所以我吩咐店员们，只要见到他，不管是否需要，都要买一张他的报纸，反正费不了几个钱。

最近店里新请了一个年轻的设计师周汛。他新颖的设计思路令我赞赏。但他的性格，却难免有些张狂。

有一天我走进店里，正好听到设计师周汛在对那位卖报人说：“这里暂时不需要这种报纸。”卖报人可能已经见多了这种驱赶，神情麻木地离开了。我走过去，对周汛说：“你不知道我的吩咐吗？”

“可是——”

我打断他：“我希望我们力所能及地善待他。”

他低垂的眼神有些捉摸不定，停顿了一会儿，他抬起头来：“可是，您知不知道您这样做反而是在真正地鄙视他？”

我看着这张年轻气盛的脸等着他继续说下去。

“您看，您特意要买他的报纸，就说明了在您心目中，您并没有把他和其他人一样看待，也就是说您对他施与了同情。难道说您在施舍的同时，没有一种心理上的优越感吗?”

我禁不住倒抽一口冷气。我很想反驳他，但潜意识里又觉得他说得不无道理。是啊，我在做这一切的时候真的只是单纯的帮助吗？可是，难道我表达自己的仁爱之心，也有错吗？如果说我对他格外地照应是看低了他，对他不公，那他先天而来的弱智和残疾又到哪里去寻公允呢？我们又怎么可以把一个原本就遭受了造物不公的人一定放在和正常人一样的水平线上去公平对待呢?

我觉得这个年轻人真是有些意思。我没有就此问题与他再做更多的探讨，只是提醒他，一个能够自食其力的人，无论如何要比一个健全却不负责任的人更值得尊敬。

后来那个卖报纸的人始终再没来过我们店。

过了一段时间，店里搞店庆，我邀请店员们带家人一起来庆祝。在庆典上，我开始为店员们颁发奖项。

本年度的“最有前途奖”给了周汛。无论如何，这年轻人的才气还是掩盖不住的。

“我能有今天，最要感谢的人是我的哥哥。”周汛站在台上，把目光远远地投到一个角落里去，好像是在招呼什么人。我们大家都一起朝那个方向看去，由于光线和距离的缘故，那里只能看到一片阴影。周汛等了一会儿，终于跑下台，到阴影里拉了一个人出来。

当他们站在台上的光亮里，我和大家终于看清了那个人，是那个弱智的卖报人。

周汛说：“这是我的哥哥。”

大厅里一片肃静。因为兄弟俩的差距实在使大伙儿惊讶，一时回不过神来。

可是那一刻我全明白了。

周汛说："这些年来哥哥每天卖报纸，没有一天休息过，你们相信吗？我能读完大学，全靠哥哥卖报纸赚来的钱。"

旁边的哥哥，开始脸上很茫然，也许他听不懂弟弟那么复杂的话。当弟弟说到"报纸"时，他的脸上才突然浮现出自豪的表情："报纸，我会，我会卖报纸。"

周汛继续说："我工作后不想让哥哥再卖报纸。但他每天早起的第一件事还是到报亭去领报纸。他喜欢这样的生活，习惯这样的生活。那天，哥哥在店里遇到我，我才知道他还在卖报纸。从那以后，他不肯到店里来了，其实是不想让大家知道我有他这样一位哥哥啊。"

哦，原来如此。

周汛宽宽的肩膀紧紧揽住身边的哥哥："我曾经因为有这样的哥哥受过同学的嘲弄，我曾经把拥有这样的哥哥当作不可告人的秘密，我甚至曾经以为，除了我，没有人会善待我哥哥。但是，今天，我要感谢你们，是你们大家给了我信心，给了我哥哥同样的尊重和鼓励。我也感谢我的哥哥，没有他，也就没有今天的我。"

我带头鼓起掌来。

远远地我看到周汛转过身去对他的哥哥竖起了大拇指："好哥哥，你是我的好哥哥！"弟弟的这个动作哥哥懂了，知道是夸他的，一直紧张着的他终于呵呵地笑出声来。

伴随着他不加掩饰的孩子般的笑声，台下的人也纷纷向他竖起了大拇指。在这无数的大拇指间，我看到周汛将大拇指转向了我。

后来，竖大拇指这个动作就被保留下来，只要见到周汛的哥哥——他的名字叫周潮，我们就会向他竖起大拇指，这简单的手语，会顿时让他的脸上流光溢彩。

这手语也在店员之间流传开来，因为我们知道，大拇指所表示的含义实在是太丰富了。那里面，有感谢，有佩服，有崇敬，有祝福，还有很多，很多……

台　阶

○积雪草

她是在同学聚会上遇到他的。

小学到中学他们一直是同学。那时候，他那么不起眼，瘦弱细小，一个弱不禁风的少年，像是一颗丢在角落里的草芥，没有人会把他当回事儿。想不到几年没见，他变得成熟而儒雅，刚刚学成归国的医学博士，在一帮同学中唯有他最出色，像调色板上一滴不经意滴落的红色，醒目刺眼。

她盯着他看，忘记了淑女的风范，一直看得他手脚都没有地方放了，有些不好意思地问她："那个谁，我们是中学同学，你怎么不认识我了？"

她嘴角向上牵了牵，嘴角轻轻地绽开一朵笑靥，说："怎么会呢？我一直记得你，那时候，你是我们班上最害羞的男生。有一些私人问题想请教你，待会儿散了，我们去喝茶。"

大家起哄，说："咱们同学中，只有你们两个还是单身，要好好谈谈啊！谈出结果，别忘了请我们大家吃糖喝酒。"

她的脸瞬间红了，笑骂："瞧瞧你们这些人，一点儿都不厚道，看把人家吓跑了。"她偷偷地看他，他并没有急赤白脸地反驳，她的心稍稍安了一点儿。

散场后，她带他去"半岛听涛"喝茶，环境很适宜两个人轻酌漫谈，很适宜于怀旧。毕业多年，她早已知道怎样把握一份感情。她问了他几个医学方面浅显的问题，他逐一解答。其实司马昭之心路人皆知，她对他产生了好感，刻意给自己制造机会。出于礼貌和风度，喝完茶，他送她回家。

两个人抛却了中间一段空白时间，开始交往。作为答谢，隔周她请他吃饭。没有想到，餐桌上，他的吃相简直令人不敢恭维，像多少年没有吃饭的样子，喝汤喝得很大声的声音，令人联想到某种动物。排骨用手拿着啃，啃得满嘴都是油。吃鱼的时候，竟然被刺扎着了喉咙，大咳不止，眼泪都流出来了。

她忘记了喝已经送至唇边的清酒，呆呆地看着他，心中狐疑，就算时光再能改变一个人，也不可能把一个受过高等教育又喝过洋墨水的人，改造成这样的粗俗。心中再不敢置信，也抵不过眼睛看到的事实，她在心里安慰自己，男人是干大事业的，不拘小节也许不是什么大错。

他过生日的时候，请她去家里吃饭，她高兴得不知如何是好，去他家里等同于一种承认吧！为此，她特地去了一家经营名品服饰的专卖店，买了名品的时装，化精致的妆容。他是医学博士，他的同事朋友都是有识之士，她的衣饰品位总要与他登对，总要顾及他的面子。

谁知道，去了才知道，他的客人只有她一个。盛装而至的她被他那狗窝一样的家弄得不知所措，房间里乱得简直无处下脚，臭袜子东一只西一只，废报纸丢得茶几上地板上到处都是，厨房的洗碗盆里，一大堆没有洗的碗盘和杯子，桌子上没有倒掉的剩饭剩菜已经发出难闻的味道，洗手间里居然有女人用的香水和擦脸油。

她傻了，思维短路，饭没有吃完，就落荒而逃。

如果说一个人的吃相不雅，生活不检点，都是可以原谅的话，那么，一个人如果没有爱心，是绝对不可以原谅的。

樱花节，两个人去公园里看樱花，医学博士去饮料摊点买水的时候，居然从嫩绿的草坪上穿行而过，无视旁边“禁止践踏草坪”的黄色木牌。而且，一只对他颇有好感的白色小狗，绕着他的裤脚转来转去撒着欢儿，他呵斥了几声，小狗没有听懂，依旧和他疯闹玩耍，他居然抬起脚，踢了小狗一下，小狗惨叫一声，跑了。

她远远地看着，心中忽然生出悲凉，一个人再优秀，也不可以这样肆意妄为，生活不检点，又没有爱心，就算他有再大成就，就算他再玉树临风，也是不值得爱的。

一年后，她和一个追她多年的男人结婚了，居然也很幸福。

有一次，两个人慕名去一家酒店吃西餐。坐在酒店的大堂里，透过落地玻璃窗，她忽然看到他。他的臂弯里挽着一个年轻的女子，往酒店的方向走来。一个小女孩手里拿着几个气球，忽然飞到街边的树杈上，女孩哭了，他蹲下身，大概是安慰了女孩几句，然后脱掉外套，开始笨拙地爬树，像一只大笨鹅，他笨拙的动作很滑稽，但她却笑不出来。

费了很大的力气，终于拿到气球，女孩的脸上开出如花的笑靥。

她的心有透不过气来的感觉，看着他和臂弯里的女子一起进了酒店，在大堂的另外一角坐定。她远远地注视着，只见他右手持刀，左手持叉，先用叉子把牛排按住，然后用刀切成小块，用叉子慢慢送入嘴内，动作娴熟优雅。喝汤的时候，用左手扶着盘沿，右手拿着匙舀，一勺一勺舀着喝，姿势标准，温文尔雅。

她的心悠然九转，一下子明白了他的用意。

谁都知道，爱一个人总是没有错的，两个人的世界里没有输赢，只有爱与不爱，只有舍与取。当初，他和她在一起相处的那段时光，吃相不雅，生活不检点，没有爱心，所有这些，原来都是他表演给她看的。因为他不爱她，又不忍心生硬地拒绝她，所以作践自己，不惜毁掉自己的形象，让她自己主动退出，既保全了她的面子，又没有伤害她的自尊心，给爱一个完美的台阶。

她摇晃了一下酒杯里深红的液体，一滴泪落到酒杯里，和着醇香的酒味，一饮而尽。

爱的滋味大约就是这样，有一点儿酸，有一点儿甜，有一点点儿苦，那是生活剥离出来的真味，那是一个男人对于一个女人的风度。

鸡　王

○尹利华

凌晨四点，记者小林接到一个电话，一艘客船在进港时失事了。

小林赶到海难现场，只见乘客们已经陆续被救上了岸。这时，有一个乘客引起了小林的好奇。这是一个40多岁的男人，独自躲在角落里，怀里紧紧抱着一只大公鸡。在这样的生死关头居然有人死死抱着一只鸡不放，凭职业敏感，小林觉得他一定有些出人意料的故事。

于是小林有意和他套近乎，闲聊中终于了解到，这人是牛角尖村的村主任，姓牛。牛主任骄傲地告诉小林，自己怀里抱着的是一只鸡王，本打算来这座靠斗鸡闻名的海滨城市卖个好价钱，没想到遇上了海难。牛主任爱怜地抚摸着怀里的大公鸡，说："幸好，我的宝贝鸡王没事。"

小林仔细看了看牛主任怀里的鸡，这只鸡羽毛不鲜艳，爪子也不很尖利，喙也不是很突出，分明就是一只乡下随处可见的土鸡嘛。实在难以相信，这竟是一只鸡王。

牛主任压低嗓门儿，说："林记者，你可不要小看了我的这只鸡，它能斗得过全村的狗呢，村里的狗，没一只是它的对手。我的命可以不要，这个宝贝可不能扔……"

一只鸡竟能斗过全村的狗？虽然在海难现场谈斗鸡斗狗的话题并不合适，但作为一名记者，小林知道，如果对方说的是真的，这件事还是有报道价值的。于是他留给牛主任一张名片，告诉他，有什么关于鸡王的消息，可随时联系。然后就匆匆赶回报社去了。

过了几天，牛主任给小林打了电话，他说，不知道怎么了，这鸡王一到城里，连普通的鸡都斗不过，但回到村里后，鸡王仍然可以斗过所有的狗，这是咋回事呢？是不是水土不服？真是邪门得很。小林听后觉得很有趣。他看看日程安排，恰好有几天休息时间，便决定到牛角尖村“拜访”这只神奇的鸡王。

刚一进村，小林就看到了让他终生难忘的一幕：只见一条膘肥体壮的大黄狗忽地从一条小巷中蹿出来，边跑边往身后瞧，仿佛后面跟着什么猛兽。随后，一只气势汹汹的公鸡扑棱着翅膀跟了出来，正是牛主任的宝贝鸡王。

只见鸡王抻长脖子，往狗屁股上狠狠啄去，一啄一缕狗毛。大黄狗痛得汪汪怪叫，更加不要命地逃。鸡王见状，不再追赶，得意地收拢翅膀，神色倨傲地长鸣一声。一只路过的黑狗闻声吓得一哆嗦，夹着尾巴，灰溜溜地从鸡王身旁溜过，看也不敢看它一眼。

事实摆在眼前，这公鸡的确是鸡族中的异类。小林百思不得其解，这时，他见一个老头儿正坐在巷口晒太阳，便走过去，指着那鸡王同老头儿搭讪说：“大伯，这是牛主任家的鸡王吗?”

老头儿咧嘴一笑：“可不是咋的，牛主任家的鸡。”

“看这鸡不起眼的样子，怎么这么厉害?”

老头儿咂咂嘴说：“村主任家的鸡，特意培训的，能不厉害吗?”

“特意培训?”小林想不到牛主任还有这本事，居然能培训出追着大黄狗满街跑的公鸡。

老头儿解释说，前几年村里狗多，牛主任家的鸡老是被狗追。牛主任恼火了，他规定，以后不论谁家的狗，只要咬掉他家鸡身上一根鸡毛，一律打死吃狗肉，还要包赔 100 元。说打就打，几个月就打死了好几十条狗，罚了好多钱。

小林奇怪地问：“可现在，这鸡怎么反倒追着狗啄呢?”

老头儿嘿嘿一乐，说：“是这样的，后来大家都学乖了，从小狗娃时起，谁家的狗一追村主任家的鸡，就往死里打，打几次后，狗娃就知道那鸡是碰不得的，长大后也不敢咬村主任家的鸡。那鸡一追，它反倒吓得满街疯跑。”

小林听了老头儿的话，恍然大悟：原来鸡王是这样诞生的，怪不得一到城市里，连普通的鸡也斗不过。但奇怪的是，牛主任怎么就没有想到其中的原因呢?

别动我的 3G

○丫 丫

105 路。

选择靠窗的位置吹冷风，随身听把耳朵塞上，今晚如常，105 路车里，不足 10 名乘客。我坐在车后门对着的靠窗座位。途中站点，上来 6 个人，很普通的小青年，20 岁左右，他们坐得很分散，其中一个坐到了我座位的旁边。

一直不喜欢搭乘公交车的原因，是抗拒陌生人挨得太近。于是我敏感地不停地望着这个人的手和眼睛。提包里的手机不停地震，我迟疑了一下，还是拉开提包把手机拿了出来。还没来得及拔出触屏笔，突然手机就被一阵力量掼走。

我立即确定这 6 个小青年是一伙的，他们故意坐得很分散，从上车到那一刻也只不过是一站路。

事情发生的时候，车已经慢慢靠站，同时后门在司机的遥控下正歪歪地要打开。我从来都不知道自己有一天遇到抢劫是这样的反应，我只是事后知道我当时肯定他们没有刀子，而那是在车上，不是在昏暗僻静的小巷。

我一把甩掉塞在耳朵里的随身听，站起来，把提包甩回座位，大声喊："司机，关门!"眼睛一直没有离开刚才坐在我旁边的小青年。我挡在他前面，用力扯他掩藏住手机的左手衣袖。我没有去看任何人的反应，我的表情很凶，我知道自己很激动。司机听到我叫关门以后好像是回头望了。

整件事发生得很快，我知道自己真的很激动，但是表情除了凶，还有冷静。我好像知道自己一定夺得回手机，好像知道这6个人一定不敢真的伤害我，总之，我在扯了这个人的衣袖之后，又狠狠地用手推了他衣领的部位。全车都静下来，只听到我的声音："还给我！快点！"司机来不及关后门。这6个人中好像已经有两个下了车还回头望。我挡在这个人面前，我能感觉到他害怕，还有他身后两个同伙。也许是我幸运，我感觉得到他们神情的惶恐，所以我敢这样呵斥。他低着头偏过脸，几乎是把手机递过来的。我一把扯回自己的手机。我不知道自己为什么会那么凶。他们偏过身子钻出车门，司机没关后门就立刻开动了车。我这才听到坐在斜后座带着女朋友的男生说："算了，不追了。"我回头看，才知道他也被抢了，他手里紧抓着自己的手机。不知道他又是怎么夺回自己的手机的。

我拿起提包坐回原位，继续塞上随身听（也许我在掩饰，虽然我心里一直觉得自己很冷静），这才发现，刚才事情发生的时候，比我早上车原本坐在最后一排拎着笔记本电脑包的男人，不知什么时候走到车厢中间来，坐到了我座位的旁边。我也是这个时候才看清楚、想清楚最后一排坐着的是拿着笔记本电脑包的上班族打扮的男人，他给人的感觉不让人讨厌，不是我应该防备的人。他的神情，比较关注，不停地看我，好像很想说些什么，好像想安慰我，可是我一直望着窗外，耳朵里是高分贝的音乐，脸上装出很冷酷的表情。

紧紧抱住自己的提包，提包里面是我失而复得的宝贝手机。也许刚才那6个人是因为这个拿着笔记本电脑包的男人走到我身边才"放"过我的，也许是我当时的神情很凶悍吓跑了他们。事情发生的时候，我没有去看任何人，一心只想着自己的手机。里面有我家人的号码，有我死党的号码，还有一些死党曾发给我的鼓励的话、隐私的倾诉……

回过神的时候，还有两站就到了。很快我下了车，还是那副酷酷的表情。同时被抢的情侣也下了车，拿着笔记本电脑包的男人也下了车。那对情侣不知道往哪个方向走了，笔记本男却远远地尾随我，一直到我进入住宅小区。我偷眼望栏杆，看见他转身往来路走。不知道为什么，我知道他好像只是想安慰我、帮帮我。也许怕我受惊，想保护我，所以一直跟着我。因为，他神色里没有坏人那种戾气。

回到住处，我还镇定地打开游戏机玩了一会儿。大约过了两个小时，我开始发抖。可能天气太冷的缘故，不停地抖。

我知道，人生路上遇到的任何事情，我都可以自己消化。我会让自己过得很开心，让自己过得好。我会爱自己、爱家人、爱自己的朋友。我也有能力保护自己避免受伤。我已经很努力地去做到了。

我的鹿王

○华小克

三年前我患了严重的颈椎病，丈夫四处为我寻医问药。一天他兴冲冲地拿回一瓶酒，说是他当药剂师的同学自己配制的鹿茸血酒，让我喝喝试试。

从此，我每天早晚各饮一杯。辣、苦、腥几种味道强烈地刺激着我的咽喉，一瞬间血脉贲张，四肢涌上一股股的热流，我想那该是梅花鹿奔跑的力量在推动我身体的正常运转吧。半个月以后，当我喝完了两瓶酒后，我的身体开始好转，半年以后，基本痊愈了。

因为心中挂念着那一直用鲜血医治我病患的鹿，于是在那个夏季里一个很平常的清晨，在丈夫那个当药剂师的同学带领下进行了令我精神为之震撼的鹿场之旅。

鹿场，饱餐之后的鹿群在悠然地散步，一头高大的梅花鹿被单独隔离在一个不大的栅栏里。我向来有“每事问”的习惯，见此便向鹿场的青年技术员小王问为什么把那头鹿单独关起来。小王说一会儿要锯它的鹿茸。药剂师向我介绍说，这匹身材高大气宇非凡的公鹿，是这里的鹿王。我喝的鹿茸血酒就是鹿王的神奇之血。

我不禁肃然起敬，神情庄严地观察起这救治我病患的鹿王。隔着木门望过去，鹿王的头上长着两束树杈一样的角，每一束上有三个分枝。它姿态美丽，神色庄严，看向我的目光里饱含着温情。

鹿场的青年技术员小王走进栅栏，拍了拍鹿王的头，向我回头一笑，我看见他有一双和梅花鹿一样的大眼睛，但是他是鹿的侍者，同时也是鹿的敌人。小王一个迅速的急转身，在鹿王的背部注射了催眠剂。美丽的鹿王慢慢地低下了头，双腿抖动了几下，就“扑通”一声倒在了地上。它沉沉地睡去了，它所熟悉的一切都浑然无觉了。我感觉在鹿王倒下的一刻，天空立时昏暗了。

小王用细绳将鹿角的根部系住，扎紧。他告诉我这样可以避免锯鹿茸的时候出血过多。他一手扶住鹿角，一手用刀锯嚓嚓嚓地锯着，只十几下，鹿角就被锯了下来，血从锯口处渗出，一个老工人端着托盘跪在地上让血滴落在托盘里。这就是所说的鹿茸血，用来泡血酒的殷红之血。这种曾让我充满无限想象，给我以新生的血，像雨滴一样落在托盘里，汪成了一片红色。几分钟以后，鹿王有了知觉，轻轻移动了一下身子。老工人迅速地挪开了托盘，嘴里叨咕着：“好了，好了，它要是搞翻了我的盘子，就全毁了。”老工人带着一脸的凝重从地上站了起来，擎着托盘走开了。技术员小王在鹿角的底部，也就是伤口上抹上了灰色的止血粉，血很快冲掉粉末渗了出来。

被锯下的鹿角就是人们常说的鹿茸了。我把两只鹿茸拎在手里，感觉软软的，温温的，显然还带着鹿王的气息。我们从鹿王身上锯下的何尝不是它身体里最宝贵的一部分啊！一时间人类的残酷和无情，让我的心一阵阵发悸。

小王给倒在地上的鹿王注射了“速醒灵”，他神态自若地对我说：“它很快会醒来的。”

虽然鹿角的根部已经用绳子扎紧了，伤口上也抹了止血粉，但是血仍像泉一样向外喷射。喷向空中的两道血流有一米多高，落下时散成了一滴滴的血雾。我惊慌地问道：“它的血会不会流干？它会不会因为失血过多而死去？”小王说：“不会的。一会儿它醒过来，活动几下，血就会止住了。”

五分钟之后，躺着的鹿王微微地昂了昂头，但是脖子的支撑力显然不够，只好将头又低垂下来。过了一会儿，它又重新尝试了几次，终于将头艰难地举了起来。它用迷茫的眼神望了望天空，不知它的视力是否恢复了，表情却是极度的疲惫。鹿王想站起来，将两条前腿跪在地上用力，但是它整个身子在颤抖，不停地颤抖，它的努力失败了，没有站立起来。这时，它的头上还在喷血，地上已经红了好大一片。十几分钟之后，它终于站了起来，摇摇晃晃地走了几步。果然，头上的血流渐渐地弱了下来，但是血仍在流着。它的头上满是血迹，眼睛和脸都已经模糊得不成样子了。

鹿王醒了，好像不是从沉睡中醒来的，而是从死亡的边缘回到了生的航道。我怎么也没有想到取鹿茸是如此的血腥，如此的残酷。可以说，我就像举刀去刺伤朋友一样地惨痛着，愧疚着。我还能心安理得地饮下这鹿王的血吗？鹿王悲哀、疲倦的眼神，满头是血的样子出现在脑海里，令我的心浮起负罪者的忏悔。

我的鹿王，我不能不对你顶礼膜拜！

庄户狗

〇天宇轩主人

生而为一只狗，不算什么幸运的事情。虽然有“宁为太平犬，不做乱世人”的说法，究竟还是反战的愤激之语，也不见得有哪一个真的变成畜牲。

如果出身名门、天生贵族且具有城市户口，当然可以锦衣玉食，但仍脱不了狗仗人势之嫌。假若是一只庄户狗，就更加不幸，不但享受不到城市狗的种种优厚待遇，大致上还要经历各种不幸。

“鸡司晨，狗看门。”这话半真半假。对于庄户狗，看门是天职，当然得看。连门都不知道看，谁养活你？所以要兢兢业业，要恪尽职守，要百倍警醒，要“不分昼夜辛勤把活儿干”。重要的，是要分清敌我。自家人、熟人来了，就不能咬，不能叫，还要摇摇尾巴，晃晃脑袋，做亲昵状。若是生人，那就不要客气。既可以狂吠乱叫，先声夺人，以收敲山震虎之效；也可以不声不响，出其不意，猛扑上去搞突袭，一般来说效果往往显著。医院常因此多一笔收入，而狗则免不了主人的一顿暴打。狗没记性，下一次遇到生人，照咬不误。

当然了，城市狗不必如此。看那宠物的价位，一溜烟地往上蹿，一个不大上眼的大耗子，一不留神就是成千上万元的狗爷狗奶。要办执照，要上户口，吃要香喝要辣，生病要上动物医院。据说有一狗爷，喝必伊利，吃必得利斯，否则绝食。而主人欣然，食同桌，睡同床，甚至不惜夫妻反目。有人就说，如今人与人疏远，只好亲近动物。指望此等狗爷狗奶看门，岂非天大笑话？再说，凡养得起狗爷狗奶的，防盗门就有多重，又何必动用狗爷狗奶？实在不行，雇个保安嘛！

庄户狗一般出身寒微，属于土狗一族。相貌既不英俊，身架亦不威武，又没有什么背景，所以天生苦命，只好老老实实干活儿，靠好好表现方可有一碗剩饭吃。早些时候，庄户人日子艰难，但大多数人家里都养一条土狗。剩汤剩饭甚至刷锅水，都可以对付一顿。虽说狗拿耗子属于多管闲事，但为了解决温饱，偶尔逮个一只半只打打牙祭除除馋虫，还是非常必要的。除此而外，荒郊野外，遗漏的半生不熟的庄稼、倒霉的小动物，都是可口的饭菜。主人生产队里挣工分，下大田，各家的狗们就成群结队地厮混，偶尔也打打群架。“叫嚣乎东西，隳突乎南北”，场面倒也壮观，常就引了人们驻足观看，忘了手中活计，气得生产队长直跺脚。

现在乡村生活改善，狗们当然也水涨船高，不再饿肚子吃脏物。可是也仅限于温饱，生活高质量似乎还谈不上。倒是最近几年，一批洋种狗，如黑盖之类的狼狗开始“上山下乡”，身材魁梧，相貌英俊，一声嘶叫，声震屋瓦，远望即令人生畏，何况近前。只是吃的要精，饭量又大，近期内也还很难全面占领庄户狗的地盘儿。

庄户狗的爱情生活是乡村的重要景观。往往就围了许多人，胡乱地指点。多嘴的婆娘就高声尖叫：狗拉秧子啦！多事的男人孩子就拾起棍棒树枝嗷嗷叫着，赶着不停地打。大姑娘小媳妇，想看不好意思看，不看还想瞧个究竟，手捂了脸，指头缝里露出两只眼睛，偷偷地瞧究竟——其实也没有什么，两只狗，不是脸对脸，而是背对背靠着，同患难，共进退，打也不分开。

庄户狗异常忠诚。没有哪条狗因嫌生活条件不好而改投他人门下，哪怕是饿肚子。战乱时候，常有村庄成为废墟，家破人亡的事情常有发生。荒无人烟之际，往往能看到数条狗在废墟中守望，目光深沉。在确认主人真正不在之后，宁肯流为野狗，也不改换门庭。所以将“汉奸”与“狗腿子”并列，我替庄户狗不平。

庄户狗的结局一般不妙。狗老珠黄的时候，动也动不了，叫也叫不响，耳也背眼也花。来了个人，不管生熟，一律爱理不理，耷拉眼皮权当没看见——你想能有好果子吃吗？好心的，自己不忍心吃，领到集市卖掉；大多数，一棍子打死扔到锅里煮了吃肉。老死埋葬之类的浪漫，多属小说家言，赚取廉价泪水则可，却与事实不合。在这里，我再一次觉出了生命的悲凉与人性的残忍。

聪明的老鳖

〇史　帆

都说老鳖聪明。也难怪，什么计算机网络的道道，他都门儿清。朋友们都说，一般人搞不了IT，像老鳖这样在圈里还小有名气的，那智商比爱因斯坦少不了多少。

前些天，老鳖帮了朋友一个小忙。有家公司请了一外国大腕来北京开演唱会，打算宣传一下，便通过一位朋友找到了老鳖，想在网上热炒。这点儿事情对老鳖来说自然是不在话下，开论坛、发帖子，忙活了几天。

可能是这位大明星过了气，就像那最后一茬韭菜，吃着不香，网络上人气不太旺。眼看演唱会快开始了，这位朋友拿了两张票来，都是场地票，嘉宾座，说是谢谢老鳖的帮忙，改天请他吃饭。言外之意是宣传没火起来，这费用自然是免了。

老鳖不在乎这些，什么钱不钱的，为了朋友无所谓。可拿着两张票老鳖犯难了——他对这唱歌跳舞的事压根儿没兴趣；不去吧，票可就浪费了。看着票上印着好几个零，老鳖觉着扔了心疼。打电话找人，结果老鳖的朋友都没有文艺细胞。

老鳖到底是聪明，一琢磨，在网上发了个帖子——转让，这就是变相创收啊。老鳖摸摸脑袋，乐了。

演出前一天晚上，有人来电话问票的事。老鳖说，原价1600一张，这两张总共1500，卖不上价，自己就为交个朋友。买票那人说朋友可以交，不过价钱贵了点儿。老鳖一听他那意思就知道有戏，说，兄弟，你要自己上售票口买，得原价吧？要是买黄牛票兴许更贵呢。买票人一听，说行，就这么着了。老鳖一听他那高兴的语气，心里琢磨了起来，这家伙这么痛快，看来他是占了大便宜，也许这票还能卖个更高的价？

于是，老鳖卖了个关子，说票没在手上，明天给他打电话再说怎么拿票。放下电话，老鳖摸摸脑袋，又乐了。

第二天，老鳖早早从家里出来，想到体育馆门口把票给倒腾出去。老鳖一边走还一边想，为什么演唱会总在体育馆开呢？难怪小时候学校里总评什么文体积极分子，看来是文体不分家。

老鳖到了体育馆门口，把票往票贩子眼前一扬，心说准能卖个大价钱。

老黄牛接过门票看了看，一把推给老鳖："200 元。不卖拉倒。"

老鳖就觉得眼前一晃，差点儿没晕过去。"200 元？3200 元的票，你才给一零头！"老鳖心里一边骂票贩子心狠手辣，一边赶紧给昨天买票那哥儿们打电话。老鳖还庆幸留了一手儿。

"什么？你不要了！"老鳖差点儿没死到当场。真是！真是！老鳖心里这个气啊。

老黄牛还在一边吆喝："卖了，抓紧卖了。200 不卖待会儿变 100 了。"

老鳖一来气，行了，我不卖了，自己进去听还得一乐和儿。心想着就往体育馆里走，刚迈两步，老鳖又跑到老黄牛那儿，一狠心，卖了，他实在是欣赏不了这高雅的艺术。

"150。"老黄牛眨巴眨巴眼睛。

老鳖真想拿枝冲锋枪把票贩子给崩了："行，卖吧。好歹弄顿饭钱。"

老鳖拿了钱刚要走，手机就响了："1000 块钱你卖不卖？"

"卖，卖。"老憋二话没说答应下来。

挂了电话，老鳖摸摸脑袋，乐着对老黄牛说："哥儿们，我再买回来行不?”

“500。”

老鳖真想揍他，但理智告诉他只要把票拿回来，好处还是大大的。

交了钱，拿了票，等老黄牛拍拍屁股走了，老鳖赶紧拨通了电话。

“哦，对不起啊，我不要了。”

老鳖摸摸脑袋，乐不出来了。

爱的方式

〇唐　韵

女孩告诉男孩说："我今天扫楼梯时，差点儿从楼梯上摔下来。"本来女孩以为男孩会安慰她："亲爱的，小心点儿。"但男孩说："扫慢点儿不就得了。"

女孩伤心，女孩觉得男孩一点儿也不爱她，不在乎她。

后来，女孩发现楼梯异常干净，干净得都不用她扫。一个月后女孩才发现，那是男孩每天抽出 5 分钟时间打扫的结果。

女孩告诉男孩："我的车子坏了，我走了半个小时才到车站。"本来以为男孩会关心地说："你怎么不坐出租车，累不累?"但男孩说："反正很近，你也顺便减肥。"

女孩生气，觉得男孩不爱她，不关心她。

第二天，女孩发现男孩留在桌上的车钥匙以及为她准备的可口的早点。

女孩告诉男孩说："我想去荷兰，欣赏那一大片壮观的花海。"本来以为男孩会关心地说："你想去那儿，我们来计划。"即使敷衍几句也好。但男孩说："真无聊，花大把的银子去那种无聊的地方。"

女孩生气，觉得男孩不爱她，不懂她。

后来，女孩发现家里的旅游杂志，不管是国内还是国外的报道，只要有花海的那一页，页角就有折痕，里面就有男孩的笔迹。

女孩告诉男孩说："我跟朋友出去，晚上会晚点儿回来。"本来以为男孩会关心地说："跟谁出去？小心点儿，记得拨电话或早点儿回家。"但男孩说："随便你，你高兴就好。"

女孩生气了，觉得男孩不爱她，不关心她。后来，女孩负气拖到深夜三点多回家，女孩看到男孩坐在沙发上的睡容。

女孩告诉男孩："我的'大姨妈'来了，肚子好痛。"本来以为男孩会安慰女孩说："忍一忍，一天就过去了。"但男孩说："女人真麻烦，受不了。"

女孩伤心了，觉得男孩不爱她，不疼她。

家里的零食柜里多了巧克力和红豆，是男孩买的。男孩在女孩月事的那几天，天天煮着红豆汤。

女孩告诉男孩说："我真高兴嫁了你，你是最好的老公。"本来以为男孩会开心地回答女孩说："我也是这么觉得，你是最好的老婆。"但男孩说："嫁都嫁了，不然，你还想怎样？"

女孩生气，觉得男孩不爱她，不懂她。后来，女孩无意中发现男孩在睡前用纸巾擦拭床头那张40英寸的结婚照，然后望着照片傻笑了好久。

女孩终于懂了，在男孩不在乎的外表下，有一颗不善于用言词表达的心，一颗最爱她的心。用行动不用言语，这是男孩爱的方式。

倒下不是耻辱

○廖家宁

进新兵连后，才知道站军姿是件可怕的事。挺胸、抬头、提胯、两腿夹紧、两眼平视——全身绷直，像根木桩。连续站上半小时或一小时，世界就变了。再寒冷的冬天，我们在那里都得忍受汗水的煎熬，头晕目眩……

“砰”的一声，后边倒下一名战士，但好像又爬起来重新站好了。连长站在队列前，面对我们，两眼平视，纹丝不动。如果独自置身于山洞，这样的寂静倒也可以理解，但是，整整一个连的人在一起啊！只隐隐约约听见呼吸声。这就是军姿。一个兵是一根桩，一个连的兵，就是一方整齐的巨石。

半个小时过去了。世界在颤抖，眼前的景物模糊成一片苍白。站军姿的时候，我常常产生奇异的感觉，例如：树好像融进了墙体，蚂蚁上树有一种“嗞嗞”的声音，头顶上的天空特别重……“砰、砰”两声闷响，又有人倒了。

值日排长跑过去，默默地扶他们站起来。

连长纹丝不动，汗流满面，衣领、胸口全湿了。闹钟放在他脚下，滴答、滴答，每一秒都在考验我们的神经系统。时间在军姿队列中流逝得特别缓慢。耳畔传来路上行人的脚步声、谈笑声，就像来自另一方时空。这时，连长忽然前后晃动一下。

接连又是几声“砰、砰、砰”……不久，一名战士被值日排长搀回连队。看看闹钟，还剩最后10分钟。

连长又晃了一下，接着，放慢镜头似的向一侧倒下，全身仍那么僵直。“砰!”这次摔得不轻，耳朵碰破了，血流出来了。值日排长急忙去扶他。连长摇摇手，自己爬起来，重新站好。我心头掠过一丝感动，瞬间就消失了：此时，整个人真的像根木桩，哪有时间和精力去调动感情？站着，站好了，站直了，绷紧了……

最后一分钟。连长忽然斜了，这次是向前栽倒的。“噗!”的一声闷响，像沙袋砸在地上。

连长的脸都紫了，但他仍然不要扶，自己爬起来，站好，但全身在哆嗦，还喘粗气。队伍里仿佛产生一种激越的气氛，最后的关头，所有的人都在调集最后一丝力气——坚持!

伴着闹铃声响，连长一屁股坐在地上，叫道：“弟兄们，休息!”一位兄弟跑上前，拍胸脯道：“连长，这一个小时，我一次也没倒啊，我告诉自己，倒下就是我的耻辱!”

连长擂他一拳：“真正的耻辱不是倒下，而是倒下后躺在那里，不愿意爬起来!”

推门而入

〇南　北

傍晚，我在一片废墟上散步。

我到这里散步，多是下午或傍晚。那时一天即将过去，我开始感到累，对工作的态度也开始厌倦。在这没了人迹的废墟上，就有了都市中难得的安谧和视野。在废墟上行走，我必须时时注意脚下，不由自主地将头垂下去。那些残砖断壁，那些被主人拦腰斩断了的竹子和树木，它们在根部又都发出了新的枝芽。在这里，我常常会陷入腐朽和新生、无常与永恒之类的沉思。

手机响了。一个朋友说他上午曾到我的住处找我，但敲了半天的门却无人应。正要作答，手机却没了电，只好作罢。但心中一动，竟想到了贾岛的“僧敲月下门”，而后又想到了阿难，以及关于他“推门而入”的一段公案。

佛经记载，阿难是佛陀的十大弟子之一，又是佛陀的同父异母弟弟，常随佛陀左右，号称多闻第一。但佛陀在世时，他还没有真正悟道。所以，当佛陀入寂后大迦叶召集第一次佛典结集时，曾拒绝阿难参加。他对阿难说，来参加结集的比丘，都是悟了道的罗汉，你要想参加，除非你能从大门的锁孔中进到洞窟里来。大迦叶的话让阿难惭愧不已。但他毕竟跟随佛陀多年，善根深厚。回到住处后他就彻夜禅坐参究，到天亮时他想躺下休息一下，就在身体刚刚沾到床铺的时候，如火灼背，蓦然猛醒。于是他迎着早上初升的太阳，大步走到结集圣会的洞窑门前，伸出双手，推门而入。大迦叶看到阿难如此气象地走了进来，便知他已经悟了——什么禁令，什么封锁，那都是你自己心头的铁枷啊，你只要伸出双手一推，就解决了，事情就这么简单。

阿难推门而入，升座成为结集圣会的主讲人，复述了佛陀的教导，于是有了佛典的最初形成和流传。大迦叶入定后，阿难继承衣钵，成为“以心传心”禅法的第二代祖师。后来，禅自菩提·达摩传来东土，与中国的本土文化相融合，从而形成了崭新的“中国禅”，这也算是推门而入的又一个不朽之果。

阿难是一个榜样。当一件需要承担的事情降临，当我在遥遥张望时，会想逃，想退却。但当我知道不能退也不能逃时，就会索性转过身来推门而入，将其担当起来。我知道我不是阿难那样的圣者，无法说出佛法中的山河大地，但我知道我一旦入得门去，就再也不用怕那扇门了。

因为，我已是门的主人。

纽扣不是问题

〇吴　为

谭雄国喝完同事的结婚酒，天已经黑了，就挤上了经常人满满的2路公共汽车回家去。他刚站稳，低头一看发现西装第二颗纽扣不见了。明天有一个重要活动要参加，而他能够见得了客的只有这一套在上海买的西装。他很懊恼，立即下车去配纽扣。

他先来到了附近的东风商店，指着西装上第一颗纽扣问营业员："请问有没有这种纽扣？我掉了一颗，得补上。"营业员看了看，说："应该有吧。"说完她便弯下腰，眼光从一盒一盒纽扣上扫过去，她先后拿出了几种，谭雄国一对照，不是形状不同，就是颜色不对。接下来他去了西雨百货楼，营业员很耐心，要他自己看，他只好把头埋在玻璃柜上，眼睛都贴在玻璃上了，一样一样反复看，最后也没找到能够配套的纽扣。

他站在柜台前不停地嘟囔，想不到配一颗纽扣竟这么麻烦，这可怎么办啊。营业员见他急成了这样，就给他指点道："我建议你去北光大厦，那里的纽扣品种比我们这里全。"

谭雄国谢过营业员，打的往那里赶。十分钟后，他在大厦门前跳下车，跑上了二楼，气喘吁吁地对正在收拾东西准备下班的营业员说："这种纽扣，你们这里应该有吧？"营业员瞅了瞅他衣服上的纽扣，然后走过去拿出一种，放到一起一对照，摇头说："这种都对不上，那我们这里没有了。我们要下班了，你去别的地方找吧。"谭雄国好着急，央求说："耽搁你一下，麻烦你再看看好不好?”营业员有点儿不耐烦，说：“你这人怎么不相信人，我说没有你要的就没你要的。”谭雄国一下来火了，说：“你怎么态度这么恶劣，难道忘了顾客是上帝吗?”营业员也不客气了，说：“我已经回答你了，没有就是没有，再找一百遍也是没有。你不满意我的服务态度，就去经理那里告状呀!”

不等谭雄国去找经理，经理自己过来了，他正在前面柜台巡查，听到这边发生了争吵，就跑过来了，一问原来是这么回事，忙对谭雄国说：“她是我们这里的服务明星呢，不信我跟你打个赌，如果你找到了你需要的这种纽扣，我给你 1000 元。”谭雄国不好意思了，正要向营业员道歉，手机响了。他一接是老婆打来的，老婆逼问他是又坐到麻将桌上了还是又钻进美发屋了，怎么这么久还没到家。他没好气地吼道：“我的西装纽扣掉了一颗，找遍了整个城市都还没找到同样的，我都快急死了，你就别烦我了好不好?”

老婆在那头儿笑了，说：“一颗纽扣就把你弄成了这样，亏你还是男子汉呢。你为什么非找一颗同样的来配呢，全部换成另外一种不就得了。人啊，不要死钻牛角尖，那是钻不出来的，得学会转弯，一转弯就畅通无阻了。”老婆的话让他茅塞顿开，他说了声“惭愧”后，就将手机关了，然后对营业员说：“刚才我态度不好，向你表示道歉。现在请你按照扣眼的大小，给我另外选一种。”营业员一下端出了好几种，说：“这些都行，先生你喜欢什么就选什么吧。”谭雄国发现这几种纽扣都是那么漂亮，每一种都跟衣服配得起来，因此他不用选，闭着眼睛在一个盒里抓了几颗，付了钱便吹着口哨走了。

我不该这样爱你

○吉　安

孩子，今天你又装作若无其事地暗示妈妈，说市区的房价又在飙升，如果再不行动，或许以后你和女友，连一间栖息的小屋都没有。我淡淡地看你一眼，终于没有像你希望的那样，说出“妈妈给你们买”的话来。而你，也在这样尴尬的沉默里，气呼呼地放下碗筷，砰一下摔门出去。我从窗户里看着你远去的背影，瘦削，懒散，有些玩世不恭和任性，你还是那个赖在父母怀里，始终不肯独立飞翔的小鸟。可是，亲爱的孩子，你已经25岁，有一份稳定的工作，有一个需要呵护的女友，有两个日益老去的父母，难道这些还不足以让你成熟，让你彻底地离开父母的羽翼，抛下惰性，独自去承担一个成人应该担负的责任吗？

从很小的时候，你就习惯有事来找妈妈。你总是说，妈妈，我的衣服脏了，你帮我洗洗；妈妈，明天我们去郊游，你帮我收拾好要带的行李；妈妈，我想去北京的朝阳区，你帮我上网查询好路线图；妈妈，女友想吃老醋茄子，记住下班后做给她吃……长期以来，我也习惯了听你这样的吩咐，只以为，对你的每一滴好，你自会记得，且在将来我们老去你已壮年的时候，可以得到你的悉心呵护和照料。而我和你的父亲，也节省下每分钱，为你在银行开设了单独的账户，只为某一天，你拥有了自己小家的时候，能够拿出来，给你一份切实的帮助。可是而今，我却发现，这种苦了自己，全力为你的方式，反而没有培养出我们想要的那个懂得珍惜的孩子，却是给了我们一个羽翼退化、意志消沉的社会弃儿。我们愈是爱你，纵容你对父母无休止地依赖和索取，你心底的自私和懒惰，愈是潜滋暗长，无沿无边。

你5岁的时候，要妈妈帮你整理扔得到处都是的玩具；10岁的时候，看见同学脚上气派的皮鞋，就哭闹着让我也去买来；15岁的时候，你写情书给班里的女孩子，说，我妈妈认识很多的人，谁要是欺负你，尽管告诉我；20岁的时候，你读大学，每次打电话来都是抱怨，说食堂的饭菜如此糟糕，为什么你们不给我多寄些营养品来？今年25岁的你，在一次与同学的闲聊时，很骄傲地说，我爸妈早已给我备好了买房的钱，我即便是不怎么奋斗，也一样可以在这个城市里过得很好。每一次我都宽容地笑笑就淡忘掉了。可是而今，你日日回家来蹭饭，又时常将女友带回家来住，让依然工作的我为你们的一日三餐奔波劳累。这样的景况，终于让我连一丝的微笑都无法挤出。

我终于承认，25年来对你无节制的宠爱，是一个多么大的错误。我们不仅没有得到你丝毫的回报，反而有可能要将自己的后半生，都完全地交付给你，甚至你将来的孩子。有一次开玩笑，我说妈妈或许活不到你娶妻生子呢，你一下子便急了，说，那怎么行，将来谁给我们洗衣做饭，谁给我们照料孩子，谁又像妈妈一样，给我们遮风挡雨？或许你对父母的依恋，是来自心底。但当时的我，却有一种无法言说的难过和忧伤。原来当我们老掉，依然无法有想象中的自由和轻闲，我和你的父亲，还要为你继续操劳，直到生命的终点。我们不是养育了一只日渐丰满有力的雄鹰，而是一只寄居的虫子，它要将滋养了它的鲜嫩的骨头，一直啃到干枯腐朽，再无营养。

亲爱的孩子，我不得不狠心地告诉你，你的上半生，与我息息相关；而你以后的道路，我将不再过问。妈妈已经将兼职的那份工作辞掉，我不能为了你的幸福，而将自己退休后的悠闲时光交给继续为你挣钱买房的苦痛中去。也请你，像那些自立自强的年轻人一样，从父母的身边搬走，用自己的薪水租房去住。我会给你鼓励和勇气，可是我不会再给你金钱上的帮助，我已经养育了你25年，给了你一个健康的身体和聪明的头脑，这样的财富，你会终生享用。而金钱，除了将你萎缩掉，也将我们自己的幸福夺走，再不会有更多的用途。

孩子，妈妈抱歉，不该这样地爱你。而你，也应对那些将父母啃到疲惫的往昔感到愧疚。且让我们，彼此原谅，彼此放手。

过去的画

〇溶　液

画家在他两鬓斑白的时候，成了名副其实的画家。只要他用画笔在宣纸上一涂，一幅画就成了，可以卖到几千甚至上万元。毫无疑问，他已是功成名就了。

春天，画家回到了久别的故乡。认识他的人见了他都特别惊喜，感到非常荣幸。一天，画家来到一位朋友的家，猛然见到了自己年轻时的画。这大概是他20年前的画了，那时年轻气盛，作画很多。稍有名气的时候，先是有人前来求画，后来竟有人买他的画。一想到自己的画也可以卖钱，画家兴奋不已，开始疯狂作画，然后再一幅幅草草卖掉。有的画仅二三十元就卖了。如今一见这些画，觉得很扎眼，难以相信那是自己的画，心里很是惭愧。

人总是慢慢成熟的。每个人都有幼稚的童年和轻狂的少年时代，都有不知天高地厚的时候。可是画家严肃得很，他为自己过去的画难过。大凡有成就的人，对自己过去的看法也不同常人。他们一方面更加严于律己，另一方面也总是在一个有了成就的高度来看待自己，包括自己的过去。于是画家居然为自己过去的画寝食不安起来。

画家和几个过去要好的朋友商量，用高出过去几十倍的价格收购自己20年前的画，并请这些朋友帮忙收集。有朋友小心地问画家："您出这个价是不是太高了点儿?"画家解释说："高是高了点儿，我那些画应该不值那么多，但这样保险些。”画家和他的朋友们估计，这部分画数量虽多，但流传范围不会很广，收购起来也不会太难。

画家心里愉快起来，每日到公园里逛逛，喝喝清茶，见了熟人聊聊天，灵感来了就作画，日子过得非常舒心。可是，时间一天天过去，并不见朋友送画上门来。画家沉不住气了，便到朋友家问究竟。朋友们告之，他的画涨价了。一问价，连他自己也吓了一跳。画家嚷道：“我现在的画也卖不了这个价呀！”朋友便说，或许别人并不想卖掉手中的画。

过了几天，画家的经纪人来电问他：“手中有画吗？您的画，价格升得非常快。据可靠消息，有个大收藏家在收购你的画。”经纪人的语气颇为得意。

画家许久说不出话来，最后深深地叹了口气……

第41个

〇文　泉

在阿尔卑斯山麓，有座著名的修道院，院长凡蒂斯是位很有学问、很善良的老人。他从事慈善事业，驯养了一只身高力大的救生犬。这只救生犬浑身像炭一般黑，名字叫黑蒙。

大雪封山的季节，常有人在山里遇险。凡蒂斯院长一接到求救信息，就在黑蒙的脖子上套上救生袋——里面装有烈酒、香肠、面包等物，接着就把遇险者的衣物给它嗅。黑蒙就飞跑进深山里，一路追踪着遇险者的气味，一直到找到遇险者为止。

遇险者看见黑蒙就如看见救星，他们解开黑蒙带来的袋子，用烈酒驱寒，用药膏擦冻伤，用香肠和面包充饥，然后，由黑蒙领出深山丛林。如果遇险者走不动了，黑蒙身上的袋子里还有笔和纸，遇险者在纸上写清自己的情况及需要，黑蒙就会将那张求救纸带出来，再由救护人员赶到现场。

几年来，黑蒙已经救出40个人，它的名气越来越大了。

这是一个寒冷的冬天，阿尔卑斯山脉大雪覆盖，业余登山家华生特在一次小型雪崩中失踪了。

登山俱乐部的负责人拿着华生特进山前脱下的一件衬衫，急匆匆地赶来向凡蒂斯院长求助。凡蒂斯院长立即找来黑蒙，让它闻了华生特衬衫上的气味。

黑蒙对这一切很熟悉。它蹲在院长面前，由院长亲手挂上救生袋，院长在它的鼻子上画了“十”字，祝福它出征顺利。“孩子，去吧！这是第41个！”院长向黑蒙轻轻一挥手，黑蒙像一道黑色的闪电，很快射入白雪皑皑的阿尔卑斯山区。它像往常一样，对自己的任务充满了信心。

黑蒙爬过三道雪障，终于找到了华生特。

突遭雪崩的华生特被埋在雪里，已经昏迷过去。他仰面躺着，只露出一张脸，上面结着一层薄薄的冰壳。黑蒙围着华生特打转，它用嘴拱他，然而华生特却没有起来的意思。黑蒙凑到华生特的鼻子跟前，伸出舌头舔他的脸，一股彻骨的冰冷从舌头尖传到心里。它停了停，缩回舌头，等到冰凉的舌头在嘴里焐热后，又伸出来，紧紧地贴在华生特的脸上。

失去知觉的华生特在黑蒙舌头传递的热量下，渐渐恢复了知觉。

然而，华生特迷迷糊糊睁开眼睛后，产生的第一个念头是——狼。

出于本能，华生特积攒起全身的力气，抽出右臂，举起身上带的锋利的匕首——“刷”的一道寒光，刺进黑蒙的胸膛……

黑蒙两眼直翻。在毫无防备的情况下，突然受到致命一击，这是它过去救生行动中从来没有碰到过的，也是万万料想不到的。它狂嚎着，突然旋转身子，睁着血红的眼睛，张开大嘴，露出两排尖锐的犬齿，扑向华生特的咽喉……

然而它又突然停住了。它闭上嘴巴，眼里的凶光渐渐散去——它看见华生特紧闭双目晕眩过去了。

黑蒙垂着头，它无法咬去插在胸部的匕首。它转过身，头也不回地顺着来路，踉踉跄跄地向修道院跑去，它想赶回主人身边。黑蒙一路滴着血，在皑皑雪原上染出了一条鲜红刺眼的路……

当凡蒂斯院长看到黑蒙时，黑蒙的血几乎流干了。院长悲痛万分。他把匕首拔下来，看到在刀柄上刻着华生特的名字。此时黑蒙低低地呜咽着，把脸依在院长的手背上，渐渐停止了呼吸……

黑蒙死了，华生特活了。顺着黑蒙的血路，人们找到了华生特。

后来，41 个被救者，包括华生特在内，为黑蒙修建了坟墓，立了墓碑，上面刻着黑蒙救出的 41 个遇险者的名字。在墓碑的最后部分，华生特刻上了英国诗人拜伦的诗句——“你有人类的全部美德，却毫无人类的缺陷。”

弱者的生存哲学

○李敬泽

宋襄公站在河边，看着楚国的大军过河。那是阴历十一月，2600年前那条名为泓水的河尚未封冻，他身边的谋臣看着敌军在冰冷的河水中艰难行进，急道：打吧，打吧，痛打落水狗啊。

但宋襄公不动，他说："君子不乘人之危。"

敌军爬上来了，在岸边乱哄哄地集结，襄公的参谋长更急了：打呀，打呀，还等什么，黄花菜都要凉了！

襄公不动，他说："君子不鼓不成列。"——绅士不攻击没有摆好架势的敌人。

这件事的结果大家都知道，宋军大败，襄公负伤而逃，不久郁郁而死。

该故事我是在七八岁时读到的，我读懂了，我知道写下这个故事的人是要教育我：一定要乘人之危，否则屁股上就会中一箭而且大家都会笑你活该。今天，闲着没事儿翻《左传》，又读到这个故事，我的体会更为深入，我还是认为宋襄公很愚蠢。他当然没有蠢到不想在战斗中取胜，他的愚蠢在于他想用体面的手段取胜。

所以，公元前638年这一战留给我们的真正教训是，手段和过程是无所谓的，只要我们能够达到目的。

对此我当然不能非议，那样的话所有决心弘扬狼的精神的同胞都会看不起我，我要是不幸倒霉或失败也就没人同情。但是，你知道，我还是个武侠小说迷，我忍不住要对泓水之战做另一种想象：

宋襄公是绝世的高手，他站在高高的岸边，披襟当风，看着他的对手在河里狗刨。这时，他的徒弟急道：师父，动手吧，发掌心雷劈他，用一阳指点他，拿梅花镖射他！

这时他会怎么样？他会说：君子不乘人之危。

说这话时，宋大侠白衣胜雪而且飘飘。

同理，他一定会等下去，等对方晒干了衣服，站起来，走到他的面前。开打之前还得问一声歇好了吗。

——是的，他必须这样，这样我们才觉得是对的，才是他绝世的风姿，否则他和一个市井无赖有什么区别？

但为什么，宋襄公在公元前638年的那一天成了蠢货，而在2006年一个武侠小说迷的想象中会成为英雄呢？

今天中午，晒着太阳，我和楼下的李大爷探讨了这个问题，李大爷正遛狗呢。他的狗尊号球球，看上去正是一只可爱的毛球。该球每见了我都龇牙咧嘴，极为勇猛。但据李大爷揭发，实际上这厮胆小得很，见到面目狰狞的陈哥尾巴便摇个不停不休。“你呀，面善。”——不说狗了，且说人事，李大爷听了我的疑惑，沉吟半晌，问，那打仗的时候，是宋什么人多还是人家人多？

噢，我忘了，当时宋襄公的参谋长对形势做过评估，叫“敌众我寡”。

李大爷又想想，说，那比武的时候是宋什么的武艺高还是人家武艺高？

那还用说吗？当然是宋大侠武艺高。

李大爷曰：球球，咱回家了，让你李叔好好想想。

不用想，这就叫醍醐灌顶啊，我一下子明白了问题的症结：宋襄公在这场战争中是弱者，所以，他必须按弱者的逻辑行事，不能思考什么该做什么不该做，不能温良恭俭让。只有当他是个强者时，他才会留意姿态、程序、自尊之类的审美和伦理问题，才会在追求目的时坚持手段的正当和体面，坚持他的价值观和他对正义的信念，哪怕他可能会因此遭了暗算，因此失败和倒霉。

明 月

〇胡　炎

出了酒店，赵浔已经醉意醺醺。司机驾着奥迪，在门外静候。赵浔思忖了一下，对司机摆了摆手，他想一个人走走。

步行一公里，便是穿城而过的小河了。深秋的风寒已经透衣，河边阒无人迹。天上薄云笼罩，弯月隐没其中，光色朦胧。闹市之中，有这样一片静地，委实难得。赵浔漫步河畔，浴着潺潺流水，心也渐渐安静了下来。

不知有多久了，赵浔已很少来这里。本来，这里是他过去常来光顾的地方。自从官至处级，身边便总围绕着一干商贾同僚，觥筹交错，灯影榴裙，实在热闹得可以。这小河夜月，宛然已是昨日的梦幻。

赵浔信步走着，什么也不想，只大口吸着沁凉月色。河边的密林里，偶有迷路的夜鸟，带着不安的啼号，寻找归巢的路。

对赵浔来说，这里不也曾是他心灵的巢吗？作为历史系毕业的大学生，那时，他总喜欢在迷离的水波中，触摸历史的遗韵。

手机的铃声突然不合时宜地响起来，耳边飘过一个甜腻的声音：“浔哥，还没忙完呢？也不过来陪人家。”

“哦，我晚上加班，就不过去了。”

赵浔撒了个谎，把手机关了。情人的温柔之乡，他已经有些厌倦了。还是这河水的呢喃，仿若岁月的絮语，是他听不厌的歌谣。

夜越来越深，远处的喧嚣恍若隔世，倦鸟也都安然入眠了。赵浔的酒已经醒了，但他依然没有回家的意思。今晚的闲步，就当是一次记忆的巡游了。

突然，一个身影自林中飘然而来，竟全然听不到足音。赵浔正诧异的当儿，那身影已近在眼前了。借着淡淡月色，那身影长袍高髻，完全是一副古时的装扮。

“赵兄好有闲情啊。”来人冲赵浔拱手一揖。

“你是……”赵浔打量着来人，他并不认得。

“我是伯否。”

“伯否？”赵浔蹙了蹙眉，在发黄的历史底片上，他能想起的只有吴国一个名唤“伯否”的奸臣。难道……

“你一定有些意外吧？其实我们是老相识了，不错，我正是吴国的伯否。”伯否落落大方，一点也没有羞惭的意思，“还记得你上大学时，曾经把我骂得狗血喷头。”

赵浔一时愤起，真是想不到，今晚他竟完成了一次历史的穿越，与这个臭名昭著的家伙狭路相逢。

“是你贪财好色，利令智昏，害得吴国家国沦丧；是你屡进谗言，残害忠良，害死了子胥先生，似你这等卑鄙小人，挨骂活该！”赵浔冷冷地说。

“骂吧，子胥先生临死时不是还骂我为鼠吗？只要你们骂得痛快，过了嘴瘾，我乐得成全。”伯否一脸轻松。

“想不到过了这么多年，你的脸皮还这么厚。”赵浔讥嘲。

“赵兄，这话若放在从前，我坦然接受。”伯否反唇相讥，“但是今天，你不觉得有些底气不足。”

“什么意思？”

“赵兄今日宦海风光，财色不拒，权谋心机只怕并不逊于伯某吧？”

赵浔哑口无言。是啊，这些年官场上一路春风，他还是从前的那个赵浔吗？

“赵兄不必汗颜，做一只官场上的老鼠有何不好呢？”伯否笑容可掬，“似伍子胥那等傻瓜，留个好名声又值几个钱？你我才为谙通世事的同道啊。”

赵浔的脸着火似的烧了起来，这些年，他已很少有羞耻之感，然而，今晚与伯否同道，简直让他无地自容。

突然，伯否打了一个寒噤：“不好，他来了……”

“谁？”赵浔问。

“伍……伍子胥。”

话音刚落，一个白发苍苍的老者自水中踏浪而出，口中吟着：“剑光灿灿兮生清风，仰天长歌兮震长空！”赵浔听出来，这是当年伍子胥从楚国逃亡途中过韶关时的拔剑长啸。

此时，天上的薄云竟瞬间散去，一弯明月照得小河两侧亮如白昼。伍子胥形销骨立，眼窝深陷。赵浔不禁一颤，子胥先生的眼眶里并没有眼珠。他蓦地想起，子胥先生自刎前，已拜托公孙雄将他的眼珠悬于城门之上，目睹勾践率兵杀进了姑苏……

“见过子胥先生！”赵浔恭然施礼。

“既是伯否同道，子胥就不还礼了。”伍子胥神色冷淡。

赵浔的心一沉，仿佛被乍亮的月光刺痛了。

“不，我绝非伯否同道！”

“哦，如此甚好。”伍子胥的语气里有了些温度，但他随即喟然一叹，“哎，浮云千载，想我子胥常觉孤单，而伯否之流始终不乏同道，令人扼腕呀！”

赵浔羞愧难当，一时不知该如何作答。月光滔滔，在他心中澎湃。沉默了一会儿，赵浔拉着伍子胥的手，郑重道：“先生，我们去找眼睛吧，你的，还有我的。”

“怎么，你的眼珠也没有了吗?”

“是啊，丢失很久了。”

月光里，赵浔和伍子胥踏上了寻找眼睛的旅途。他们已经忘记了伯否。其实，自打子胥先生现身，伯否就隐匿进了黑暗之中。在他的世界里，最见不得的，就是明月。

成功秘诀

○肖意达

李总是一家知名地产顾问公司的创办人。仅仅七年时间，他把一家名不见经传的小公司，发展成为国内一流的大型顾问公司。他的业务覆盖全国各大中型城市。

认识李总时，我们正准备投资16个亿，开发一个湘南地区最大的商务中心。他当时正跟全国很多大型地产顾问公司一起，参与我们项目的策划竞标。几乎所有的顾问公司都将重点放在向客户推广一种叫做“概念”的东西上。他们把演示模板做得跟他们提出的概念一样，看似无懈可击，可就是让我们觉得心中没底。

李总一反其他顾问侃侃而谈的姿态，摒除掉那些虚张声势的专业名词，代之以极其随性的语言。他从项目定位的思路谈起，然后再展开来谈细节。他谈到每栋独立建筑的造型、电梯的位置、台阶的多少以及每一张座椅每一盆植物的摆放等等。其构思无处不体现出局部与整体的相互辉映关系，使商务与休闲在视觉与心理上都达到和谐统一。商业、艺术、人文有机统一，已经找不到它们的边界在哪里，似乎谁也离不开谁。这不仅使我们开发商感到踏实，也使客户有种归属感。在十几家竞标顾问公司中我们毫不犹豫地敲定了他的公司，尽管他的公司是所有顾问公司中收费最高的。

合约签署后，闲聊时李总也极其兴奋。他说他每次能在竞争中以最高的竞价获胜的秘诀是：他提供给客户的，是客户自己都没留意到的、像发丝一样的细节。

李总还跟我讲了一个发生在他公司里的小故事：有一次，他在公司里无意间听到员工们打赌，说谁输了就罚下次跟李总一起去欧洲考察。他很纳闷：欧洲是世界建筑的博物馆，那里耸立着人类最伟大的艺术，而他的员工们几乎都来自全国一流的建筑专业，他们应该是争先恐后地抢着跟他同行才对。怎么这样难得的考察学习机会，会变成一项惩罚呢？

后来他才明白，原来没有哪个年轻人能忍受得了他的徒步旅行。跟他出国，年轻人没有享受到出国旅行的那种浪漫与悠闲，而是陪同他背着干粮徒步行走。

他曾徒步在法国、意大利、波兰、荷兰等欧洲国家旅行。因为在他看来，坐在车厢里根本无法欣赏到每一座建筑。而真正的建筑不仅具有人的一切特征，它还具有神的暗喻；不仅是一部活的史书，还蕴含着哲学上的思考；它不仅需要你从每一个角度欣赏，更需要你在时空交错中去细细品味。

他说，建筑的灵魂不在它的躯体有多完美，而在于欣赏者当时的心境，在于他想要找寻什么，想要明白什么。所以，去欧洲那么多次，每次仍然觉得唯有徒步行走，才能触摸到它们的灵魂。因为时空不同，心境不同，对同一座建筑的解读也不尽相同。正是这种“不同”累积成了“细节”的厚度。这个厚度便是他得以击败竞争对手的实力所在。

最后，他对我说：年轻人总是问我成功的秘诀是什么，我告诉他们：那就是徒步行走，置身其中；就是睁大双眼，竖起耳朵随时随地地学习汲取。而他们总认为这不是秘诀！

再等一天

○周海亮

他下了决心，要在那个周末，结束自己年轻的生命。他知道自己是那样脆弱，可是没有办法，一切，都那么无奈和伤心。

考试落榜，女友离去，应聘失败，生活不断跟他开着恶意的玩笑，摧毁着他可怜的信心。他一点点地变得穷困潦倒，颓废不堪。一个月前，他去应聘一家大公司。他把那当成最后的希望。假如应聘成功，他想，生活还可以继续，假如失败，那么，他将选择自杀。

并不是他把那个职位看得多么重要，而是他害怕再一次失败的感觉。清晰的、刻骨铭心的、世界变得灰暗寒冷的感觉。那种感觉，他太过熟悉。

他脆弱的神经，已经不能承受哪怕是最轻微的打击。

可是直到两天前，他也没有收到那家公司寄来的录取通知。那是最后的期限。显然他已经被淘汰了。这是致命的失败。

他去意已决。母亲周末才能回来，他写好了遗书，放在茶几上。想了想，又放进写字台的抽屉。他不想让母亲过早发现他的遗书。

他把生命的终点，选择在一个遥远的风景区。他坐上火车，咣咣当当，直奔那里而去。一路上他什么也没有做，只是蒙头大睡。也有睡不着的时候，他就把打开的手机关掉，再打开，再关掉，再打开。他不知道自己还在等待什么。是啊，一个临死的人，还有什么可以等待的呢？

他在清晨接到母亲的电话，那时他刚刚醒来，正倚着列车的窗口发呆。他看到熟悉的电话号码，眼泪一下子涌出来。他想还是接吧，听听母亲的声音，也让母亲听听自己的声音。可是他想，不管如何，不管母亲如何劝他，他也不会回去。

他不想面对失败。但他可以面对死亡。母亲说你在哪里，怎么不回家？他说，有事吗？母亲说那个录取通知刚刚寄来，她刚刚帮他签好了名字。他说，真的吗？母亲说，这还有假？他说，你去过我的房间吗？母亲说去过。他说你在我的房间里发现什么没？比如一张字条。母亲说，什么字条？你怎么了？他说没什么。我马上回来。

他相信，母亲没有骗他。或者，即使母亲在骗他，当他发现事情的真相后，仍会坚持自己的选择——结束生命。只不过，将会把时间推后几天而已。

他在下一个小站下车，然后直接登上返程的列车。两天后，他真的从母亲手里接过那张录取通知。于是他去那家公司上班，涨薪，升职，心情变得越来越好……跳槽……开办自己的公司。一路走下来，事业越做越成功。

他一直保存着那张遗书。直到某一天，他把它拿给自己的母亲看，他说，我是死过一次的人了……如果，没有那张及时的录取通知……

母亲笑笑，看过了。她说。

他愣住。

母亲说，那天在你的抽屉里，看到的。其实那天，并没有录取通知，可是，我仍然打电话给你……

可是那张录取通知，却是真的啊！他说。当然是真的，母亲说，只不过，通知是在我打完电话后的第二天中午才寄到的。那时候，我正在考虑，你回来后，我如何开导你，才能打消你轻生的念头……

母亲的话，让他后怕不已。他想，假如母亲不用一张虚构的录取通知骗他回家，假如在他回家时，那张录取通知仍然没有寄来，那么，他将肯定选择结束自己的生命。他知道年轻时的自己，冲动并且脆弱。可是他仍然活下来，只因为，他多等了几天。这几天里，因为一张录取通知，一切峰回路转。

其实一切都没有改变，包括路途中的录取通知。改变的，不过是他的生活以及心情。

所以，有时候，当你面临绝境，接近崩溃；当你心灰意冷，打算舍弃一切。这时候，不妨再等几天，哪怕仅仅一天。

说不定，一切都会好起来。

生命中的树

○王莉华

说不清二十几年前的一棵老树在我平白的生命中占了多少分量，然而这许多年来我却一刻也不曾忘记过它，一路走过来它已经成了我生命中唯一的，不可替代的一份真心的守候。

我出生在内蒙古大草原上的一户普通的牧人家庭中，父亲是土生土长的草原人，母亲出生在河北。他们怎么走到一起的呢，无非又是古老的故事中的一个爱情故事的重演。听奶奶说我小时候没事就爱坐在门槛上望着家门口的那棵老白杨发呆。奶奶常常喘口长气然后很有感情很真诚地说那棵老白杨可是有些年份，就连奶奶的婆婆都不知道。可能在那个时候我就与老树有了生命中的结。我印象中很深刻的一件事就是一个冬日的傍晚，我和父亲走在一条小路上的情景，小路两边是连绵不断的高高的白雪覆盖的沙山，山上很苍劲地插着许多枝枝干干，在白雪的映衬下越发显眼，枝干间不时传来喜鹊和乌鸦的叫声，响亮而孤独，那真是一个令人难忘的夜晚，我紧紧地跟着父亲的脚步，感受着生命中第一次体验的恐惧和苍茫，那年我六岁。那次旅途到家后我大病了一场，从那以后夜晚经常做噩梦，其实我梦到的也无非是雪山上交错的枝干，它们总是重叠着扑面向我压过来。我想那时的我就领会了生命的孤独和茫然，而我从本质上害怕面对这种孤独和茫然。在我八岁的时候母亲决定送我到外婆家读书，从此我就离开家乡，开始在外漂泊。也正是从那时起我的记忆里最多的是家乡的树，是我所见过的家乡土地上的所有的树。

我的心已经被城市的灯光照空了，身体也被城市的高楼大厦压住了，我都没有时间想家乡了，最后只剩下一棵老树，然而这棵老树稳稳地长在了我的心间，它不粗壮，没有叶子，干枯而少枝，整棵树没有一点的绿意，没有丝毫的动静，只是静静地立在一片沙地之上，它的周围呢，我看不到它的周围……可是我总觉得它一定在向我诉说着什么，那是无言的诉说。老树总在我失意、迷茫、无聊，抑或是一个人思考自己人生的时候不期然地就出现在我的脑海里，像父亲，像一个长者，像一个智者，它孤独而苍茫的气息总是能唤醒我的理智，让我更冷静更从容地对待世间的物是人非，对待自己及他人的得与失。

受伤的鸽子

○伍中正

鸽子受伤了。它飞到那个山坡上就再也飞不动了。

鸽子不想死去，双眼仍旧睁开着。一只小花狗正经过山坡。蹦跳着的小花狗看见了鸽子，鸽子振翅，再一次飞起，飞不多远落了下来。小花狗朝那只鸽子跑去。这是村后的一个山坡，太阳刚刚露出红红的脸。

一双手把鸽子快速地捧了起来。那是袁四的一双手。袁四不知道自己的这双手在这样的早晨会这么有力。

袁四出门的时候还在抱怨自己的那双手。那手很臭，简直是一双臭极了的手。去年秋天，他骑着车子，手没有掌好车把，快要进村的时候，出了事，伤着了人家。他在心里骂自己，怎么会有这么一双臭手。

袁四看见那只鸽子，就有了捧起它的想法。尽管自己的手臭，他还是伸出了双手。那只鸽子蜷缩在地上，一动不动地让他捧。

小花狗没有靠近鸽子，也没有靠近袁四，静静地站在一边，嘴里汪汪个不停。袁四一跺脚，小花狗吓跑了。袁四还朝那只小花狗一阵紧追，小花狗吓得一溜烟跑远了。

袁四停下脚步，看了看那只鸽子，很可爱。它有双红宝石般的眼睛，灰黑色的嘴，墨绿色的脖子，浅紫色的胸脯。鸽子在袁四的手上就是一幅完美的画。

袁四看看天，看看村庄，就回家了。

袁四一路走一路想：好好地待鸽子吧。

袁四是被女人骂出门的。袁四骑车伤了人家，赔了不少钱。女人天一亮就骂他，天黑了还在骂。袁四觉得委屈，钱赔了还可以再挣，用不着天天骂。

袁四下了决心，打算离家出走，再也不想见到骂自己的女人了。他曾想：骂吧，有一天我走了，你就不骂了。

袁四希望这一天早点到来，走得越快越好，走得越远越好。

袁四脚步沉重地回来了。

女人看见袁四，骂声又起。袁四不理女人。

袁四就这样打发着日子，再不离家出走。他从草垛上抱来一些柔软的草，在自己的屋里给鸽子设置了一个干燥的草窝。然后，他把鸽子放在草窝里。鸽子的眼睛静静地闭上了。

鸽子需要安静。

女人看着袁四做的这一切，然后发话，袁四，往后你就跟鸽子睡。

袁四听了这句话，仍不理女人。

袁四拿出一个碗，在水缸里舀了半碗清水，让鸽子喝。

袁四再让鸽子吃下那些豆子和谷物。

晚上，鸽子的精神好起来。

鸽子的伤势也逐渐好起来。

袁四女人的心情却坏了起来。

那天早晨，袁四用那些绿豆喂鸽子，他把一粒豆子喂进鸽子嘴里的时候，女人提出了离婚。

袁四不假思索地说，离。

鸽子把那粒即将吞进肚里的豆子快速地吐了出来。

袁四再喂，鸽子抿嘴。

袁四的眼里流着泪，说了一句，等鸽子的伤好了就离！

袁四擦干了泪。

不出一个月，鸽子恢复了健康。鸽子可以在蓝天上飞了。鸽子在天上飞过一阵后，打一个漂亮的旋儿，如一片好看的叶子歇落在袁四的禾场上，然后在地上寻找食物。

袁四看见那只会飞的鸽子，说，鸽子，你飞吧。

不一会儿，鸽子就飞了。

袁四的女人要走。袁四不拦她。袁四问了一句，那把砍过柴的刀还在吗？

女人说，当初你放在哪儿还在哪儿。

女人走之前看见袁四在磨那把刀。

他把那把刀磨得雪亮。

袁四在女人走了一个时辰后才开始追赶她。袁四跑的速度很快。他的眼里一切都在模糊。

女人眼里的一切更加明亮，蓝天空旷，大地空旷。女人在地边缓慢地行走。

袁四追上了女人。袁四的刀挡在女人的胸前。那刀寒光闪闪，闪闪的寒光刺伤了袁四的眼睛。

袁四说，你走不了。

女人也不害怕。女人认得那把刀，她看清了刀上的寒光。

女人抬起了头，再不骂袁四。

袁四跟女人的目光对视。他们的四周是空前的安静。袁四的耳朵里传来鸽子飞动的声音。

突然，那只鸽子落在女人的肩头。

看见那只有着宝石般眼睛的鸽子，袁四下不了手。

袁四收回了挡在女人胸前的刀。

袁四失望地走回来。

袁四看了看身后，女人站着没动，歇在她肩头的鸽子刷的一声飞向蓝天。

袁四藏好那把刀出来，看见鸽子在禾场上出现。他在仓里抓出一把金黄的谷子撒在地上。鸽子认真地吃着那些谷子。

袁四知道，是鸽子让他重新做了一回人。

没两天，女人回来了。

女人像换了一个人，再不骂袁四。

袁四知道，是一只受伤的鸽子让他回到了从前，也让女人回到了从前。

棍僧行一

○余显斌

行一是个小和尚。他的父亲原是山下有名的财主，可是，一天，受到白狼山强盗的抢劫。行一的父亲，还有母亲，被白狼山土匪杀了，扔下行一一个人，趴在父母身上哇哇地哭。

那年，行一三岁，是个小小的孩童。

智深师父下山，见了孩子，念声阿弥陀佛，抱他上山。从此，孩子跟着智深大师，剃度了，叫行一。

行一渐渐长大，念经，经常走神。行一想起了爹，想起了娘，想起了杀死爹娘的白狼山土匪白虎。行一放下经书，说："师父，我要报仇。"师父摇头，报仇，是那么容易的吗？再说，要杀白虎，首先要对付他手下的人，那一路杀下去，还不血流成河？

智深大师慈悲心肠，坚决不许。他觉得，行一有心魔，要抵制心魔，得用巧法。

一天，智深大师吐了血，对着哭哭啼啼的行一道："师父大限不远了，可有桩心事未了。"原来，智深大师想凿岩为洞，死去之后，进行岩葬。

行一听了，擦了泪，说师父放心，我去凿洞。拿一把铁锹准备去，被师父挡住。师父曾发过誓，凿洞必须用木棍，而不能用铁器。

行一不知道师父为什么要发这么奇怪的誓，不过，既然是师父的誓言，行一就一定遵从，扔了铁器，换了木棍。

这儿是石岗岩，用木棍开洞，几乎是不可能的。

但行一爱师父，敬重师父，他发誓要实现师父的愿望。于是，他上午念经，下午用木棍凿洞。

时间一天一天过去，寒来暑往，洞一点儿一点儿增大，开始慢，后来快。在劳作中，行一慢慢长大，长成了一个小伙子，肌肉结实的小伙子。

他一心想着凿洞，忘记了仇恨。

智深师父长长吐了一口气。

十年之后，一个大洞凿成，行一的脸上露出了微笑。

智深大师是在那个冬天圆寂的。当时下着雪，那个下午，他叫来师弟智广，告诉他，自己大限已到，最不放心的是行一，这孩子杀心太重，十年来，自己以凿洞为由，引开了他的注意力，自己圆寂后，希望师弟多教导行一，让他忘记仇恨，一心向善。

智广连连点头，随之，智深大师微笑而终。

行一号啕大哭，面对着世间唯一的亲人。

以后，智广大师开始教导行一佛理。智广大师如智深大师一样，对他细心关爱呵护有加，并遵从师兄嘱托，处处对行一以善劝导，力求消除行一的杀心。

走路时，智广大师让行一注意脚下，且莫伤及蝼蚁。

点灯时，智广大师让行一务必罩上纸罩，飞虫扑火，其情堪怜。

夏夜里，床上要罩蚊帐，以免蚊虫叮咬，一掌下去就是一条生命。行一道，师叔，我不拍还不成吗？智广大师摇头道，怕就怕梦中无意一掌，害了生命啊。说完，双掌合十，连称罪过，原来，昨晚梦中，自己不小心，打了一只吸血蚊子，至今还感到难受呢。

半年之中，行一和尚已成为一个彻彻底底的佛子。

一日，行一随智广大师下山化斋，路过一个村子，突听人喊狗叫，乱哄哄一团。人们齐喊，不得了啦，白狼山白虎来啦。

智广大师偷看行一，只见那张年轻的脸无恨无怒，波澜不惊，暗感欣慰。

到了村子，两人看到白虎举着一个小孩，哈哈大笑，对旁边一个怒目而视的老头儿说："你不是做官清廉吗？当年一次就杀了我的两个兄弟，还说为民除害。哼哼，今天，待我把你孙子扔入火中，让你这个清官绝后。"说着，就准备扔。

孩子吓得哇哇大哭。

孩子的爷爷一急，晕了过去。

就在这时，只听得一声怒吼，行一拿起了一根木棍冲了过去，他要救下那个孩子。白虎旁边的一个土匪看见，忙用盾去挡，行一一棍戳过去，盾被戳穿了，木棍余势不减，从那土匪肚子穿过，又把白虎扎了个对穿。

白虎望着这根棍子，不相信似的缓缓倒下。白狼山土匪从没见过这种能耐，一声喊，吓得一哄而散。

行一吓傻了，他没想到，给师父凿洞，竟让自己凿出这么强劲的臂力，而且一棍捅死两个人，半天，他磕磕巴巴道："师叔，我……我杀生了。"

智广愣了一会儿，醒悟过来，轻声宣着佛号道："这不是杀生，是行善！"他想，自己是这样想的，师兄一定也会这样想的。就连佛祖，一定也会这样想吧？

夏威夷黑珍珠

○刘心武

姚老师每周三下午来教老伴儿弹钢琴。姚老师虽然上过音乐学院，但主修的是声乐，毕业后分配在乐团合唱队，一唱几十年。六十岁以后，在合唱队排练时兼任钢琴伴奏。老伴儿弹琴只为自娱，姚老师指导她非常得法，两个人很合得来。两年多下来，她已经成了我们共同的朋友。

我从美国讲《红楼梦》回来，带回一些纪念品，其中最贵重的是三件首饰，全是在夏威夷买的。一件是绿宝石坠链，给了老伴儿；一件是黑珍珠坠链，送给了姚老师。姚老师开头不收，我就解释说，夏威夷有三宝，一是火山熔岩里开采出的绿宝石，老伴儿最喜欢绿颜色，几件最常穿的衣服，跟这绿宝石坠链很般配；夏威夷的第二宝是黑珍珠，姚老师爱穿灰黄调子的休闲服，配黑珍珠更显高雅；第三宝是红珊瑚，我买回一个珊瑚须尖穿成的手链，留给儿媳妇。我如实报出购买的价格，让姚老师知道那由一颗黑珍珠构成的坠链绝不昂贵，实在只是为了感谢她两年来给我们家带来的欢乐。她听了觉得我确实是把她当做亲人了，也就道谢收下。

我和老伴儿都希望姚老师接受礼物后，能马上戴到颈上，但她却收进了提包，而且，下一个周三来我家，虽然还穿着一袭灰黄相间的服装，却并没有戴我送她的那黑珍珠坠链，而是戴了一串白珍珠的项链。我和老伴儿交换了一下眼色，没说什么，心里都有点疑惑。难道她忌讳黑色？

姚老师指导老伴儿练了约一小时琴，大家就坐到餐桌边喝下午茶。我注意到，她那串白珍珠项链，品相一般。三个人闲聊，不知怎么就聊到了一位仍在电视上露面的著名资深歌唱家，老伴儿就感叹，说那么多唱歌的，能有几个达到那样的知名度啊！姚老师就说，那是她大学同学，毕业以后跟她一起分到合唱团，是一个声部的。老伴儿就直率地问姚老师：您是不是挺羡慕她啊？姚老师说："为她高兴。一点儿不羡慕。"讲起当年情况，来了苏联专家，让合唱团的人一人独唱一曲，合唱团几十个人，足足唱了三天，专家也听了三天。本来，这样做是为了把合唱水平提得更高，没想到专家却从中发现了一个男中音和两个女高音，认为是三颗珍珠，值得培养为独唱演员。那两个女高音，一个就是姚老师，另一个就是现在的著名资深歌唱艺术家。我和老伴儿只是听，没提问题。姚老师就笑了。

又喝了一阵茶，姚老师主动接续忆旧，说那时候其实专家对她的潜力更看好，但是，她就是想站在队列里唱合唱，不喜欢站到乐队前领唱或独唱，她把自己的这种想法说出来，大家都感到惊讶。专家通过翻译跟她交谈后，说理解了她，还说，很难得，有这样的歌唱者，从灵魂深处体味到了合唱这种艺术形式的真谛，的确，大合唱是人类走向亲和的一种途径。姚老师说，从那以后她就一直留在合唱队，虽然永远不可能出名，却无怨无悔。"我不想做一颗单独闪光的珍珠，我总觉得，一颗珍珠还是跟别的许多颗珍珠穿成链条，更有意思。"

在姚老师再一次来教琴前，我和老伴儿多次放送她赠我们的CD听，那是她参与的合唱演出的录音，我们原来提不起兴致听，现在却如闻天籁。

姚老师再来时，戴了一条完全由黑珍珠穿成的项链，我送她的那一颗，在正中间。她没问我们好看不好看。我们也没用语言去评论。确实，我们理解了，有的珍珠，是永远喜欢跟别的珍珠穿在一起的。

老施特劳斯教子

〇张达明

在奥地利，有这样一对同名父子，父亲老施特劳斯，一生中曾写过150多首圆舞曲，被人们赞誉为“圆舞曲之父”；儿子小施特劳斯，在音乐方面也辉煌无比，创作出了不朽之作《蓝色多瑙河》，被冠以“圆舞曲之王”。

但谁又知道，这样的“父传子续”却有段曲折的往事。

儿子施特劳斯还小时，他见父亲在家里练习小提琴，就在一旁认真聆听和模仿，然后自己对着镜子，学着父亲的样子，也摆出优雅的演奏姿势。他以为，自己逼真的模仿一定会让父亲大加赞赏，但他想错了，父亲这时走过来，竟一把从他手中夺过小提琴，接着对他就是一个响亮的耳光，然后恶狠狠地说：“滚开，你这个蠢猪！你拿镜子照照自己，你哪里有一点儿音乐天赋！”

后来，父亲竟狠心离开了母亲和他，自己搬到别处去住了。但这更加坚定了母亲让儿子成才的信心和决心。她为儿子请来了奥地利一流的名师，她要用自己坚定的信念，把儿子打造成世界上独一无二的小施特劳斯。

很快，小施特劳斯的努力有了结果，他不但组建了自己的乐队，而且还雄心勃勃地要在全国各大音乐厅举行演出。

但令小施特劳斯意外的事情又发生了，父亲竟利用自己的声望和势力，给各大音乐厅的老板打招呼，不让他们为儿子提供演出场所！

小施特劳斯怎么也想不通父亲为什么要这样做。面对父亲的百般阻挠，他曾一度准备放弃演出，但在母亲强有力的支持下，母子俩顶住了父亲施加的压力。母亲也通过自己的关系，多方为儿子奔走呼号，终于让一个大饭店的老板感动了，他愿意在自己饭店的音乐厅给小施特劳斯提供演出场所。

小施特劳斯很兴奋，也很紧张，毕竟这是他有自己的乐队以来第一次举行音乐会。

母亲鼓励儿子说："拿出你的真本事来，放开手脚干吧，你一定会成功的。妈妈的眼睛始终注视着你！"

小施特劳斯的激情一旦被释放出来，就犹如火山爆发般激昂，当他演奏自己创作的《理性的诗篇》时，观众听得如痴如醉，欢呼声响彻整个演出大厅，人们竟强烈要求他连续演奏了19遍。他激动得不能自已，竟在台上放声痛哭，不住地向支持他的观众鞠躬致谢。他的母亲坐在观众席上，望着成功了的儿子，也早已泣不成声。

第二天，奥地利全国各大报纸的头条都醒目地刊登了演奏会成功的消息。一家报纸用了这样的标题："晚安，老施特劳斯！早安，小施特劳斯！"这一消息无形中向世人宣布：儿子超过了老子，儿子在和老子的对抗中，已经取得了胜利！

很长一段时间，人们都不理解老施特劳斯这一违反常规的做法。按照常理，世界上哪个父亲不希望自己的儿子成才甚至超过自己呢？

直到老施特劳斯逝世后，人们在整理他的遗物时，才彻底解开了这个谜底。

老施特劳斯在他的笔记中这样写道："我知道，儿子有着惊人的音乐天赋。为了不让他沿袭我的老路，使他创造出独特的乐章而成为不朽的音乐家，我决定采取如下做法：故意给他制造障碍，不断刁难、打击他，让他在心理上仇视我，让他对我感到彻底绝望，迫使他在艺术道路上不断探索、不断苛求自己，只有这样，他才能走出模仿我的怪圈，直至达到音乐的巅峰！”

窄屋里的爱

○马孝军

我上小学三年级的时候，不怕大家笑话，我家的屋子很小。

那时候，姐姐读高一，我这个老姐大我八岁。由于屋子狭窄，我便和姐姐同睡一张床。上高中了的姐给了我极大的不方便。姐给我不方便的原因是她干扰了我的正常睡眠时间！高中的作息时间与小学不同，每天才六点钟的时候，姐就起床了，她的响动常常把我从正做着的美梦中拉醒来。还有晚上，尤其是冬天的夜晚，我已经睡熟了，姐学习好钻进被窝，我经常地被她冰醒来而彻夜难眠。姐影响了我的正常睡眠，白天上课的时候，我就老爱打瞌睡，有回，我被老师罚扫了一个星期的地。被老师罚了，姐再影响我，我就气不打一处来，我冲姐说："你上床能不能轻点儿呀，你是水牛吗？每次，你都把我弄醒了，你知不知道呀！"面对我的一阵抢白，我看见姐喉头里咕噜咕噜地动了一下，然后她说："妹妹，姐影响了你，真对不起，姐给你赔礼行吗?""算啦。"我想姐姐也不是故意的，唉，谁叫咱家的屋子这么窄呢?!

第二年春天的时候，我去给工地上的父亲送衣服。父亲正在打砖，看着那码得像小山似的砖，我不禁冲动地对父亲说："爸爸，盖房子吧，给我和姐盖间大房子吧，你知道吗，我们作息时间不一样，很不方便呢。"父亲看我一眼，他粗糙的大手摩挲着我的头，我听见他喃喃自语地说："咱们家，是……是该盖房子了，真的是太狭窄了啊！""马上盖最好！"我给父亲说。父亲一声长叹："妮子，你以为盖房子是搭积木呀！"我不懂事地说："这里好多的砖呀，随便拉一车去也要盖一大间呢。""这些都是老板的。"父亲说。我感到有点儿绝望，父亲又一摸我的头说："爸爸努力吧，争取明年把新房给你们盖上，让你们住进敞亮的新房。"

我的希望寄托在来年里，我在梦中都想好了如何设计我的新房。

姐高二下学期的时候，我想父亲该盖新房了吧。

一天放学，我看见父亲的褡裢已经搭在屋子外面的歪柳树上了，我想，父亲是回来做盖屋子的打算吧，我好高兴！

但很快我就失望了，我在屋子外面听到父亲给正在学习的姐说："妮子，委屈你了，你妈妈大前年去世，我欠下了一屁股的债现在都还没还清，想给你们盖个新屋子都不可能，你委屈点儿啊，上床的时候尽量轻些，再轻些，你妹子还小哩，童年的瞌睡宝贵啊。"

我看见姐连连地点头，还听见她说："爸爸，我已经注意这个问题了，我每次上床都小心翼翼的，我生怕惊动一只蚂蚁呢。"

"好闺女。"我看见爸爸眼角闪着泪。

新房梦破灭了，我只期望姐姐上床的时候真的如她所说生怕惊动一只蚂蚁，唉，该死的瞌睡呀，该死的童年瞌睡呀，怎么老是睡不够呢?!

自父亲给姐说过后，我便再没有被姐惊动过一次了。我安然地入睡，每晚都做着我的美梦。那时候正是武打电视剧非常流行的时候。说起武打电视剧中的轻功，我便想起了姐。我对我的同伴们说，谁的轻功也没我姐的好！同伴们说我吹牛不打草稿。我就给他们说：你们信不信？我姐和我同睡一床，她上床的那个声音，可称得上是不落一丝声响，踏雪无痕。

同伴们不相信，就去歪着头问刚下学的姐，姐对他们一笑说：别听她胡扯，我哪儿会轻功呀，我要会轻功，我教你们个个都是武林高手个个都能飞檐走壁。

说话间，姐的高三就要结束了，在离高考时间只有两个月的时候，姐得了神经衰弱症。

老师给姐做工作：心理要放松，以你的成绩，考上重点没问题。

爸给姐做工作：娃，考不上没问题，咱家几辈人都没出过有功名的人，到了你这一辈，退一万步说，不出也无所谓，你千万别把自己给弄疯了啊！

姐的同学们来给姐做工作：考不上没关系，大不了咱们约着一起下广东打工。

但姐的精神还是止不住地崩溃，她整个人从早到晚神情恍惚，有时候喊她吃饭，她好半天都反应不出吃饭这个概念来。

姐姐傻了，我想。

父亲带姐去看了医生。

父亲回来，我便见父亲在墙角一根又一根地抽闷烟。他抽一阵，然后就使劲地抓自己头发一把，像要把那头发扯下来似的。

我问父亲姐姐怎么了。

父亲抬起头，我分明看见父亲的眼里蓄满了泪，父亲给我说，他对不起姐姐，如果他有能耐，他不应该给姐说“让她轻些再轻些”的混账话。

父亲说完，就不停地捋我的头，一边捋，一边就把姐精神恍惚的原因告诉了我：你姐为了不惊扰你，为了让童年的你能做好梦，她一年多来都是趴在学习的桌子上睡觉。

门边有个位置

〇查一路

每次纯净水送过来，这位师傅都匆匆忙忙。鞋子在门外脱下来，穿着袜子，绕过过道，进客厅，再到饮水机旁边。我让他穿上拖鞋，他说，没时间，再说地板上很干净。

一次，我请他抽支烟，坐一会儿。他感激地冲我笑笑，他说他下岗了，到纯净水公司承包了我们这个小区送纯净水的业务。生活还过得去，就是忙，就是累。我说，我们都是在苦难中挣扎，只不过用不同的方式。他听了，得到安慰似的笑笑。

星期天，儿子坐在沙发上看电视。这位师傅扛着水进来。儿子用手捂着鼻子，嗯，有一股气味。我对儿子眨眨眼，示意他别往下说。这小子不肯罢休：你没闻到啊？一股浓烈的气味。怒火中烧，我伸手就打。不料，这小子揭竿而起，打我干吗？就是臭，臭脚臭袜子的臭。我一下子呆住了，尴尬地止住了手。但心里还存着侥幸，但愿师傅没注意也没听见。可是，他站住了，扭过头来，满脸歉疚地说，别怪孩子，都是我没注意。

夜里，我跟孩子说，儿子，这次我真的不能原谅你，这位送纯净水的师傅，将水送到五楼，一桶水只赚一块钱，流了多少汗？儿子很委屈，我只说臭又没说别的你却要打我！

再来的时候，这位师傅不再是脱了鞋，径直走进来。他在门外弄了好长时间才进了客厅，脚上套了两只绿色的塑料鞋套。一种无法言说的尴尬，在彼此间心照不宣。我劝他无须这样细心，他笑一笑，然后匆匆地干活，匆匆地走。那双绿色的鞋套，一直让我不安。

门边有个位置！坐在沙发上抽烟，我忽然产生灵感。于是，和儿子把饮水机安置到门边。这样站在门槛一伸胳膊就可以换水。一次次地来，他好像没有在意饮水机位置的变化。

几天前，楼上的一位老人喊住了我，打量了我好半天，好人！一声惊叹吓了我一跳，为什么啊？老人说，送水师傅见人就讲，你为了他换水方便，把饮水机移到门边，让家里人进门出门都不方便。那点微不足道的方便，竟然被郑重地提起。

老人说，再小的事，也能看出一个人，有没有在心里给别人留个位置。

一条忍着不死的鱼

〇佚 名

在距非洲撒哈拉沙漠不远处的利比亚东部，有一片叫杜兹的边远农村区域，这里白天的平均气温高达摄氏42度，一年中除了秋季会有短暂的雨水外，其他绝大部分时间都是骄阳似火，酷热得如同一座“火焰山”。

然而，就在这样的恶劣环境中，却生长着一种世界上最奇异的鱼，它能在长时间缺水、缺食物的情况下，忍着不死，并且通过长时间的休眠和不懈的自我解救，最终等来雨季，赢得新生。它便是非洲的杜兹肺鱼。

每年当干旱季节来临时，杜兹河流的水都会枯竭，当地的农民便再也无法从河流里取到现成的饮用水了。为了省事，当他们在劳作时口渴了，便会挖出河床里的淤泥，找出几条深藏其中的肺鱼。肺鱼体内的肺囊里储存了不少干净的水。

农民们只要将挖出来的肺鱼对准自己的嘴巴，然后用力猛地一挤，肺鱼体内的水便会全部流入他们的口中。当肺鱼体内的水全部被挤干后，农民便会将其随意一扔，不再顾及它们的死活。

有一条叫“黑玛”的杜兹肺鱼就不幸遭受到这样的可怕待遇，当一个农民挤干了它的水分后，便将它抛弃在河岸上。无遮无挡的黑玛被太阳晒得直冒油，生命垂危。好在它拼命地蹦呀、跳呀，最后终于跳回到了之前的淤泥中，重新捡回了一条命。

但是，不幸并没有就此打住。很快，又有一个农民要搭建一座泥房子，于是他开始到河床里取出一大堆淤泥，好用它们做成泥坯子。不巧，黑玛正好就在这堆淤泥中，于是，它被这个农民毫不知情地打进泥坯里，然后放在烈日和高温下烤晒，直至泥坯从外到里都被晒得干透，烤得榨不出一丝湿气来，藏在里面的黑玛也几乎成了鱼干。

泥坯晒干后，那个农民便用它们垒墙，黑玛很自然地便成了墙的一部分，完全被埋进墙壁里，没有人知道墙里还有一条鱼。

此时墙中的黑玛已完全脱离了水，而且没有任何食物，它必须依靠肺囊中仅有的一些水，迅速进入彻底的休眠状态之中，以休眠状态度过杜兹长达6个月的干旱季节，否则就只有死路一条。

在黑暗中整整等待了半年后，黑玛终于等来了久违的短暂雨季，雨水将包裹黑玛的泥坯轻轻打湿，一些水便开始朝泥坯内部渗入。

湿气很快将黑玛从深度休眠中唤醒过来，体衰力竭且体内水分已基本耗尽的黑玛，开始拼命地整天整夜地吸呀吸，好将刚渗入泥坯里的水和养分一点点地吸入肺囊中——这是黑玛唯一的自救办法。

当再无水和养分可吸之时，黑玛又开始新一轮的休眠。

很快，新房盖好后的第一年过去了，包裹着黑玛的泥坯依旧坚如磐石，黑玛如同一块"活化石"被镶嵌在其中，一动也不能动。黑玛深知此时再多的挣扎都是徒劳，唯有静静等待。

第二年，在自然以及地球重力的作用下，泥坯彼此之间已不如之前密合得那么好，它们之间开始有了些松动。黑玛觉得机会来了，它不再休眠，而是开始日夜不停地用全身去磨蹭泥坯。磨呀磨，蹭呀蹭，泥坯刺得黑玛生疼，但黑玛始终没有放弃和停歇，在它的坚持下，泥坯开始变成粉末。

黑玛昼夜不断地磨蹭，第三年，它周围的空间大了许多，甚至可以让它打个滚、翻个身了。但是，此时的黑玛还是无法脱身，泥坯外还有最后一层牢固的阻挡。

改变命运的转机发生在第四年，一场难得一见的狂风裹着暴雨，终于在某个夜里呼啸而至，更可喜的是，由于房子的主人已在一年多前弃家而走，这座房子已年久失修，在暴雨和狂风的作用下，泥坯开始纷纷松动、滑落，直至最后完全垮塌。此时，黑玛用尽全身最后的一点力气，与暴风雨里应外合，一使劲，便破“坯”而出了！

沿着路面下泻的流水，重见天日的黑玛很快便游到不远处的一条河流中，那里有它期待了4年的食物和营养——这条叫黑玛的肺鱼终于战胜死亡，赢得重生！这是杜兹，也是整个撒哈拉沙漠里的生命奇迹。